陶妖

靈奇仙傳 肆

作者
陳郁如

推薦序
令人意料之外的精采續作

文／教育部閱讀推手、新北市莒光國小教師陳彥冲

我必須向郁如老師道歉。

《陶妖》這本書的情節跌宕起伏，尤其到了中段，猛然一翻，忽然畫風大轉，我心頭一驚：「不會吧？這不會轉得太硬嗎？該不會是爛尾吧？」已經開始煩惱該如何推薦。

然而，郁如老師身為奇幻文學界的俠女，舞文弄墨的功夫豈容我小覷。從書名到結局，從情節鋪排到遣詞用字，我滿懷的好奇想像、聲聲佩服讚嘆，都一一被夾入書頁。對不起，它真的很好看！「陶妖，陶之妖妖」——才看到書名，我便想到這句話，並開啓一連串想像：該不會是一群從陶甕裡逃竄的「逃之妖妖」，還是陶妖家族裡「陶之么妖」，或是某隻腰功了得的「陶之妖腰」……。

可惜，郁如老師總是能給我意料之外的驚喜。翻過扉頁，謎雲湧上，每個環節都讓

人迫不及待的猜想下一步。我這樣猜著人物名字的暗喻：鄭涵→「正寒」需要「火」；徐靜→淨「土」；柳子夏→柳有「木」；至於……，啊，留點給你猜。總之，無論對錯，享受解謎過程，往每一個你覺得不尋常的地方猜，你肯定愛死她的獨具巧思。

去年，我去了中國西安一趟，見證秦兵馬俑坑的壯觀、西安博物院唐三彩之美，其工藝技術令我折服。正因如此，當我見書中作品被描繪得如此生動，便知郁如老師做足功課，心中相當感動。感謝她一路以來，賦予中華文化嶄新的生命，無論詩詞歌賦、繪畫陶俑，總用最迷人的奇想，貼近大小讀者，引發對文化及藝術鑑賞的興趣。

【仙靈傳奇】系列來到第四集，功力最強大的不是月升、不是龍兮行，而是陳郁如。她運用精準到位的描寫，將人物間的細膩情感、激烈的法力互鬥、超越時空的奇幻冒險，宛如傳遞眞氣似的，把腦中畫面轉移到讀者的腦海。她以文字砌磚堆瓦，一氣呵成的將這四集故事串連，打造出有如《哈利波特》、漫威系列般的「仙靈世界」。

從《詩魂》到《陶妖》，雖然還沒研究出她如何練就功力，但我必須說：再不趕緊加入【仙靈傳奇】，下回就只能等著見「鬼」啦！對了，我自以爲的彩蛋：你們不覺得儀萱是誰的後代，和她愛吃……啊啊，別拖走我呀……。

1

徐靜扶著子湑往山下走，這裡的山路她很熟悉，從她十二歲開始，曾在隱山待過整整五年，每一寸土地，每一塊石頭的位置都清晰印在心裡。可是即便如此，這條小徑現在顯得特別的長，尤其子湑的眞氣正大量消散，身軀越來越重，即使徐靜用盡氣力，也開始感到不容易。

「子湑，你覺得怎樣？」徐靜焦急的問。

「我……」他一開口，更多的眞氣外洩，身體終於支撐不住，往前跌了出去。

「子湑！子湑！」徐靜趕忙將他扶起來，他俊朗的臉一片蒼白，眼睛緊閉，呼吸急促。徐靜沒想到師父的法力這麼厲害，她雙手貼著子湑的背，傳入一些眞氣內力，大約一盞茶的時間，他才再度睜開眼睛。

「我們要快點離開這裡。」子淯虛弱的說。

「可是你受了這麼重的傷。」徐靜也想快快離開。剛才那場混戰，師父看起來也受了傷，應該沒那麼快復原。不過師父的法力深不可測，誰曉得她會設下什麼陰謀，還是快離開的好。

「我撐得住，你就像剛才那樣，每隔一段時間幫我輸眞氣，補內力。我們儘速下山。」子淯說。

徐靜點點頭。他即使受傷了，說話還是有股威嚴，他是皇子，將來要統治世界，他說話的氣勢，他的理想，他的抱負，一直讓她欣賞跟著迷。他會復原的。她暗暗發誓，一定要盡全力幫助他回復眞氣，完成他的夢想。

「不如這樣，我們下山之後，往南走，回鞏縣我的老家。」徐靜建議。子淯想想，點點頭。

兩個人就這樣，一路走走停停前往鞏縣。徐靜細心照顧，不時幫子淯輸入眞氣，子淯是保住一條命，但是沒有轉好，身子一直都很虛弱。

他們僱的馬車在幾天後到鞏縣黃治村，徐靜在市鎮買了糧食，還有兩匹馬，帶著子滑回到她出生的窯場。

徐靜扶著子滑下馬，帶他進到屋內，這裡已經好久沒有人出入了。姊姊嫁人，爹爹過世，工人散去，整個窯場就荒廢了，這幢他們當年住的屋子，現在到處是灰塵和蜘蛛網。徐靜俐落的整理一下，還煮了一些粥，子滑吃飽後便在床上沉沉睡去。

這時太陽剛下山，天還沒全暗，徐靜看子滑熟睡，自己來到屋外，掩好門，往製窯場走去。

如她所料，窯場到處敗壞，破碎的陶器四散，幾隻老鼠出來覓食，看到徐靜出現快速躲到陶罐下。

徐靜來到當年爹爹工作的窯爐，窯體都崩塌了，滿地的磚頭和乾土，窯爐的煙囪倒是還在窯尾的圓型拱頂上。就著越來越昏暗的日光，看著這些熟悉卻又逐漸消逝的事物，記憶像溪水般，清晰無雜質的漫過腦海，帶她回到過去……

＊＊＊

那天，徐靜三歲又九個月，跟她前面歲月裡的每一天一樣，繞在爹爹的窯爐旁走動玩耍。

「過來。」徐六師的眼神定定的看著她。平常爹爹不多話，工作時更是沉靜嚴肅得讓人害怕，尤其剛剛她不小心打破一個陶俑，爹爹的表情僵硬冷峻。那是爹爹花了幾個月的功夫選土、揉土、成形、素燒、施釉、釉燒，經過層層手續做出來，準備要送到皇宮的，現在陶俑的手斷了，只能躺在後院的土堆裡，等著被敲碎掩埋。徐靜知道自己闖禍了，害怕得全身發抖，眼淚直流，哭都不敢哭出聲。

「靜兒，過來。」徐六師再說一遍，他伸出手，徐靜以爲又要被打了，嚇得身子整個縮了起來。徐六師看著徐靜，嘆了一口氣，那雙經年揉土拉胚，健壯有力的手攫住她，把她拉到他的面前。

「看著我。」徐六師語氣放緩，徐靜沒有感到拳頭落在身上，稍微放心，淚眼抬頭看著爹爹。

「唉，你娘生下你沒多久就去了，你姊姊阿慈才大你幾歲，已經扛下家裡的粗活，忙裡忙外，而你活潑好動，聰明伶俐，卻只能跟我成天在窯場裡轉悠，也是難爲你了。

你跟你娘同一種性格，長相也是一個模子刻出來的……」徐六師又嘆了一口氣。徐靜知道，每次爹爹想起娘，粗暴的脾氣就會軟化。徐靜從小就很會察言觀色，爹爹脾氣陰晴不定，她得學會小心應對，看來這次爹爹不會怪罪她打壞陶俑。她止住哭泣，小心的看著爹爹的臉色，不知道他想做什麼。

徐六師愣愣的看著她好一會，然後站起身，來到一大塊陶土前。徐家世代製陶，專門製作隨葬陶俑，送進宮裡給皇親國戚或達官顯貴陪葬。爹爹說他們的祖先在秦朝，就替始皇帝做陶俑。

「當時，秦始皇派了一個道人帶著陶匠們一起作法，讓這些陶土做成陪葬俑後質地堅固，千年不毀，那些陶作的兵俑、車俑、將軍俑，經過法術的加持，會永遠捍衛著始皇帝的陵墓。當時，徐家先人有幸跟著那道人習得一點法力，所以我們對陶土有特別的感情，世世代代都能做出皇家等級的陶俑。」爹爹曾經這樣告訴她。

現在爹爹面前的這些陶土就是要用來做陶俑，有幾個陶俑已經做好送到宮裡去，等著日後進入達官貴族的陵墓中。為此，他特地上山篩選上好的土質，淘泥成土後還焚香祝禱。他嚴格禁止徐靜靠近這些土，不過現在，他站在土堆前，用手輕輕按捏著，像是在市集選果子那樣，然後從上面挖出一小塊，兩手十指來回搓揑著，一塊土慢慢變成一個泥娃，有頭有身，有手有腳。

「這個陶娃，給你玩的。」徐六師拿給徐靜看。

徐靜眼睛亮了起來，開心的準備接過去，不過爹爹馬上把手收回。「現在還太溼太軟，要晾乾、素燒、上釉、釉燒後才能給你。」

「謝謝爹。」雖然等待讓徐靜微微失望，不過她明白這是製陶必經的過程，還是非常開心，這是爹第一次給她做陶娃玩呢！

幾天後，徐靜果然從爹爹手中拿到做好的陶娃，全身上了釉色，變得更漂亮了。陶娃側著臉，帶著嬌憨的微笑，頭髮是時下流行的烏蠻髻，身著藍色衣裙，披帛從右肩垂於後背，腳下穿著翹尖紫鞋。

陶娃臉上沒有上釉，那是爹爹的特色之一，他說露胎的部分少了釉色，可以吸收天地精華之氣，讓陶器更有靈氣。徐靜把娃娃拿在手裡，非常開心。爹爹一向管教嚴厲，忙於製陶，很少跟她有親密的互動。這娃娃拉近跟爹爹的感情，令她格外珍惜，自此徐靜更加懂事，在爹爹的窯場裡努力學習。

剛滿五歲那天，徐靜的生命有了重大的改變。她永遠記得那天的情景，鞏縣黃治村的夜晚跟往常一樣安靜，爹爹已經歇息了，白天的活讓他非常疲倦。徐靜不知何故睡不著，想要再上一次茅房，她搖著同房的姊姊阿慈，希望姊姊能陪她去，可是阿慈早早就闔眼，翻了個身便又沉沉睡去。徐靜把陶娃揣在懷裡，感覺比較心安，然後悄悄下床，來到屋外。

這天夜色清亮，她抬頭看見天上的月亮特別的圓，爹爹說今天是十五，他還讓姊姊多做一些菜來拜月娘娘。她上完茅房，正要回屋子，這時遠處的山邊出現一團朦朧的銀光，這光還會移動。徐靜有點害怕，也有點好奇，於是握緊陶娃躲在一棵樹後偷看。

這團銀光越來越近，她看得目瞪口呆，原來那是一名女子。在月光下的女子，居然全身泛著一層淡淡的銀光，她在山間走著，彷彿腳不沾塵，輕輕的，沒有一點聲音。她……她是妖怪嗎？可是，她長得秀麗脫俗，臉色雖然冷漠，卻全身帶著一股聖潔的靈氣，一點也不嚇人。

她從遠處走來，靠近徐靜躲藏的樹林時，忽然停了下來。她微微閉著眼，似乎在感應什麼，然後半轉過身，朝徐靜的方向走來。

「她看到我了嗎？她知道我在這兒嗎？」

徐靜的一顆心跳得厲害，又害怕又興奮，她緊緊握住陶娃，看著這個泛著微光，像是仙女的女子接近。

女子走到徐靜面前，徐靜仰頭看著她，這時，她身上的銀光退去，看起來跟普通人一樣，有頭有身有手有腳，手上還拿著一柄拂子，不是什麼妖怪，徐靜這才放了心。女子身穿簡單的白衣，在月光下顯得清亮。

「你叫什麼名字？」女子問。她的聲音輕柔，可是自有一番威嚴。

「我叫徐靜。」她小聲的說。

「嗯。」女子澄澈的眼睛看著她，然後伸出食指，按向她的眉心。徐靜感到一股冰冷的氣鑽進她的腦袋，剛開始有點冷，讓她忍不住一震，不過很快就適應了，覺得還滿舒適清爽的。

「不錯。」女子收回手，點點頭。

徐靜不知道什麼東西不錯，愣愣的看著她。

女子想了一會兒，柔聲的問：「你想不想當我的徒弟？」

「我爹爹已經教我燒陶了，我不需要師父。」徐靜搖搖頭。她看爹爹跟窯場的工人們都以師徒相稱，以爲這位女子也想教她做陶、燒陶。

「我不教你燒陶，」女子淺淺一笑，「不過我可以教你練氣。」

「你是誰？練氣是什麼？」徐靜歪著頭問。

「我叫月升，」女子說，「練氣可以讓你身體好，精神好。」

「練氣也會讓我跟你一樣，身體白白亮亮的嗎？」徐靜長得白淨端正，細眉圓臉，看過她的人都誇她是個小美人胚子，可是這位叫月升的女子，不管是長相還是特質，都深深的吸引著她，徐靜覺得她美極了。

「練氣讓你變得聰明，思緒清亮。若內功外功一起修習，還能讓筋絡更靈活，更了解自身的能力。」

徐靜沒有完全聽懂月升的話，但是月升的話彷彿有種魔力，讓徐靜願意爲她做任何事。徐靜用力的點點頭。

「好，你先回去睡吧。等你爹醒來，我會親自跟他說的。」月升慎重的語氣讓徐靜受寵若驚。接著月升拉起徐靜的手送她回家，徐靜感到手心傳來的氣息，沁涼又溫潤，她的小手讓月升握著，小小的心靈帶著滿足。

徐靜進到屋子，躺回床上，她從窗戶望出去，月升的身影就在籬笆外，她在一棵大樹下靜坐。徐靜感到心安，一種溫暖的情緒在心裡升起，她閉起眼睛，終於沉沉的睡去。

第二天，徐靜一醒，就聽到爹爹跟月升講話的聲音，爹爹似乎不太高興，月升低聲說了些什麼，爹爹也低聲回應，她聽不清楚兩人在說什麼，緊張的等著。過了好一會兒，姊姊阿慈過來叫她到前廳去。

她怯生生的來到爹爹的面前，偷看著兩個人的臉色，可是猜不出來他們的想法。

「靜兒，過來。」徐六師的聲音平和，「這位道姑想要收你為徒，這是你的福分，快來叫師父。」

「師父。」徐靜小聲的說。她的心臟劇烈的怦怦跳著，不知道這個師父如果不教她製陶，那會教她什麼?還有，她是不是要離開爹爹姊姊了?她不想離開他們啊!

師父似乎可以感到她的不安，輕聲的說：「我跟你爹商量過了，你不需要跟我四處行走，我每年會來這裡兩個月，這兩個月裡，你專心跟我練氣，不跟外人接觸，可以嗎?」

這句話雖然是問句，可是語氣莊重嚴肅，讓人不敢拒絕。徐靜看著她，鄭重的點點頭，心裡充滿期盼。

「好，那就從今天開始吧！」師父說完，馬上就站起來，一點也不浪費時間。

接下來兩個月，姊姊搬去爹爹房間，爹爹去睡窯場。除了上茅房外，月升跟徐靜形影不離，她從基礎開始教導徐靜，包括如何取食，從食材調理身體；如何呼吸，用氣運行穴道；如何睡眠，從休息中獲得能量。然後教她識字，學習事理，認識五行。

徐靜天資聰慧，領悟力高，學習得很快，月升嘴上沒多說什麼，不過她暗暗欣賞徐靜積極的行動力，這是她其他四位徒弟所沒有的特質。

「師父，我要練多久，才會像你那天身體亮亮的？為什麼你後來都沒有亮亮的？」徐靜好奇的問。

師父微微一笑，「我出生時，身體吸收月亮的陰柔之氣，之後的歲月，我每到月圓身體就會發光，直到我跟我師父勤練眞氣，學會如何控制，這樣才不會嚇到人。那天我在山裡，四下無人，我藉著滿月練氣，讓身體發光，沒想到給你遇上了。想來也是緣分，我就收你爲徒了。」

「所以我怎麼練也不會亮亮的？」徐靜嘟著嘴，心裡好失望。

「你有你的能力。」師父正色說，「你們徐家代代製陶，跟土有很大的連結，你練的土氣將會很強大。像你手中的陶娃，那陶土來自沉厚古老的地底，如果懂得好好利用，它將帶給你許多未知的能量。」

徐靜似懂非懂的點點頭，她不知道，這番話日後將爲她帶來巨大的改變。

兩個月時間很快就過去了，徐靜年紀小，只學到很粗淺的東西，但是已經令她非常開心。雖然師父永遠臉色冰冷，不苟言笑，但是對於從小失去娘親的她，月升的出現提供女性長者的角色，在師父身上，她找到對母親缺失的情感。

「師父，你一定要走嗎？爲什麼不能多待些日子？」徐靜語氣帶著傷心，她不想師父離開。

「我也要去看看你其他的師兄師姐。」師父收拾包袱，她的東西不多，但是很用心的用拂子仔細揮拭，把衣物打包起來。

「我什麼時候可以見他們？我可不可以跟師父去見他們？」師父告訴過她，她有三個師兄，一個師姐。她很嚮往有一天可以跟他們一起隨著師父練眞氣。

月升沒說話，想了想，「等你再大一點。」

月升心中估算，徐靜若照目前的進度修習下去，等過段時日法力夠深，這麼一來，她的五個徒弟都找全了，隱靈法就可以傳下去。這徒兒聰明伶俐，舉一反三，雖然入門最晚，年紀最小，但是潛力無窮。她也發現，徐靜對她的崇拜依附是那麼快，那麼深，讓月升又驚訝又感動。

月升一向獨來獨往，一生專注於修煉眞氣，全心尋找保全闇石的法力，從來沒有特別把情感放在某個人身上。她嚴格督促每個徒弟，徒弟們也對她全然景仰與尊重。可能是徐靜自小失去母愛，讓尙屬年幼的她，馬上對月升產生依戀孺慕的情感。

月升心疼這樣的心情，但是也警惕自己，修煉眞氣忌諱情緒干擾，大愛大恨都會影響修爲，而且她知道，自己長生不老，可是身邊的人終有一天會比她先死，徒弟們也不例外，她必須學會對任何感情淡然處之：不倚望，不祈求，就不會傷心失望。

「靜兒，我要走了，我走後你再幫我跟你爹爹說一聲。我教你的基本功夫你要每天好好練，明年我會再回來。」

「師父……靜兒會想你。」面臨離別，徐靜用手不停的抹著眼淚。

月升緩緩吐納氣息，調整心情。「靜兒，想師父的時候，就努力用功，每過一天，我們見面那天就更快來臨。」

徐靜點點頭，兩個月來的朝夕相處，讓她很捨不得與師父分開，但也只能看著月升的背影，獨自消失在林中。

2

接下來的日子，徐靜不是幫著爹爹在窯場工作，就是勤練師父教的東西，她希望下次見面可以好好表現，讓師父開心。爹爹看著徐靜的態度，也慶幸幫她找了一個好師父，讓徐靜專心在練眞氣上，也等於讓他能安心工作。

第二年，果然月升師父依約出現，她看到徐靜的進步，也露出滿意的微笑。這次月升開始教她如何從自然元素中取得五行的能量，隔了一年，她身子高了、也壯了，有了一整年修習的底子，這次學得更快。

年復一年，每年月升都會出現跟徐靜相處兩個月，盡心盡力把法力傳授給她。師父雖然個性清冷，不苟言笑，但是她全心的教導徐靜，讓徐靜也全心的依戀她。徐靜的娘親生下她之後沒多久就過世了，爹爹獨自帶著她跟姊姊，又要顧窯場，很難顧及小女孩心思。姊姊阿慈大她四歲，很早就被迫扛起屋裡屋外的雜活，兩人雖有相依爲命的情感，可是姊姊不是挑水砍柴就是煮飯打掃，難得跟她好好說上話。月升在徐靜生命裡出現，就像她的名字那般，在徐靜幽暗窯場的生命裡，升起月亮般的光芒。

在徐靜十二歲這年，月升如過往的七年一樣，同個時候出現。

「師父！」徐靜恭敬的行禮。

「這一年你修習得如何？」跟往年每次見面一樣，月升這麼問。

「五行氣在體內更順暢了，之前木氣運行有些窒礙，我只好先停下，後來再把水氣練得更深，用水去帶木，現在好多了。然後土氣……」徐靜口齒清楚，娓娓道來。

月升看到當年那個五歲小娃，現在已經是個少女，個頭快跟她一樣高了。

「你過來。」月升說。

徐靜知道師父要驗收這一年修習的成果，恭敬的走上前，深呼吸，全身運氣，保持沛然的內力。

月升身形不動，右手持著拂子往前一指，徐靜感到冷冽的一股氣籠罩全身，這股氣並不是均勻落在她身上，有時候來自頭頸，有時候又來自肚子，有時候兩、三個部位同時感到師父的力量。她運氣回應，讓師父探知自己的內功。

過了一會兒，徐靜感到師父加諸在她身上的力道收了回去，這時她已經滿身大汗，微微喘氣。月升也重新運氣，手持拂子，向徐靜攻去。

七歲那年，月升開始教她拳腳功夫，如今她的外功越來越扎實，身子長高後，手腳也更加靈動。這會兒，徐靜在月升的攻勢下，有進有退，有攻有守，看得出來，這一年她又精進許多。

「好，你休息一下。」月升收回拂子，在一旁樹下打坐。

徐靜知道，師父在想事情，先不要去吵她。

過了好一會兒，師父走到她面前，「靜兒，你是不是想見其他的師兄姐？」

「是啊！」她用力點頭。

「好，我帶你去見他們。是時候了。」

「真的？什麼時候走？他們在哪？要去很久嗎？」徐靜好興奮，她從出生到現在，不曾出過遠門，最遠就是跟姊姊走到山腳買布料，那也才一、兩年一次。

月升又想了一會兒，「明天就走，你整理簡單的衣物，和家人道別。這一別，會離開個幾年。」

徐靜跳了起來，她又興奮又害怕，終於要離家闖蕩了，但爹爹會不會不同意呢？外面的世界又是什麼模樣？

她告知爹爹跟姊姊這件事，他們對徐靜要離家感到不捨，可是知道月升師父會看照她，而且她現在一身功夫，窯場裡那些精壯的工人都不是她的對手，一般人更不可能爲難她。

這晚月色皎潔，月升來到屋外，面對屋後的大樹，她雙手輕輕按在樹幹上。徐靜知道師父在運用木氣，只是不曉得用意。她用心看著，只見大樹的枝枒開始微微晃動，似乎在回應師父的法力，然後徐靜聞到空氣中飄著一股很淡的木頭香氣，散播到林子去。

「我讓樹木傳出消息，它會替我招來鳥兒。」師父的話讓徐靜目瞪口呆，她從未見過師父施展這種法力。

果然，天上傳出幾聲鳴叫，四隻黑白相間的鳥飛了過來，停在樹枝上看著她們。

「牠們是喜鵲。」月升說完再度兩手按在樹上，把法力透過大樹傳到鳥身上。四隻喜鵲同時飛下，停在她的肩膀上。月升從懷裡拿出四張小紙條，小心折好，用絲帶分別綁在鳥的腳上。她拍拍喜鵲的肩膀，在牠們的耳邊細語，四隻鳥同時飛起，朝四方飛去。

「我讓牠們去找你的師兄師姐們，告訴他們一個月後在我住的屋子相聚。」

「師父住的地方？師父住在哪兒？」徐靜從沒聽過師父有固定的住處，一直以爲她如閒雲野鶴，居無定所。

「從這裡往北進入太行山，過壺關，再往西南邊的山裡走。」師父淡淡的說，「你不要心浮氣躁，先把今晚的功課修習好。」

徐靜實在太興奮了，不過她不敢違背師父的話，怕月升會改變心意不讓自己去。她深呼吸，勉強穩住氣息，好好的練眞氣。

第二天，徐靜告別家人，師徒倆踏上旅途。徐靜帶的東西不多，除了幾件衣服，還帶上陶娃。這一路往北行去，她們走的多是山路，月升繼續指導徐靜練眞氣和功夫，加上不停趕路，讓徐靜很疲憊，不過同時又充滿新奇，期待早日見到其他師兄姐。

一路上師父也陸續收到喜鵲帶回來的消息，徐靜看師父的臉色，有時候平靜，有時候蹙眉，似乎爲了什麼心煩，可是問她，她也不說。

一個月後，她們來到一個山腳下。

「這裡上去就是我的屋子。」月升說。徐靜興奮的點點頭。

這裡地勢險峻，人煙稀少，的確很適合師父的個性。她們往上爬了半天來到一個山崖平臺，左邊有一間木屋，後面緊貼著山壁，峭壁直聳入天；右邊臨著山谷，溪水淙淙，不遠處有一座瀑布，直下深谷，幾棵松樹恣意長著，野花野草四處綻放，蝴蝶鳥兒翩然飛舞，徐靜看呆了，這裡眞是清靜優美啊！家鄉的房子也是在山上，但是跟這兒比起來，顯得平實無趣多了。

「這座山有名字嗎？」徐靜問。

「這裡沒人會過來，也沒有名字，我自己稱它隱山。」

「隱山……這名字我喜歡。」徐靜望著四周，這稱號的確很合適。

月升讓她看了一會兒才領著她進屋。

「師父！」

「師父，您回來了。」

「這就是您新收的小師妹嗎？」

徐靜看到屋子裡已經有人了，兩男一女，大約都二十歲上下。她好奇的看著他們。

「我是張萱。」桌邊一個在畫圖，比較年輕的男子說。他方方的臉上有顆大痣，說話聲音清亮，雙眼炯炯有神的看著她。

「鄭涵。」穿鵝黃色衣服的女子簡短的說。她身形纖細修長，皮膚黝黑，徐靜注意到她手腕上戴著一個玉環，髮髻上也插著一根漂亮的玉簪，玉簪上有隻鳥的雕刻。

「我是王冉奇。」這個乾瘦男子的聲音跟他外表一樣，乾乾澀澀，感覺深藏不露。

「師兄，師姐。」徐靜恭敬的行禮，「我是徐靜。」

「徐靜，我們都以名字相稱，你叫我們的名字即可。」張萱爽朗的說。他看著徐靜的眼神帶著笑意。

鄭涵嘴角撐起一個角度，應該算是微笑，但是感覺高傲生硬。王冉奇則是瞇起眼睛，用不太友善的表情望著她好一會兒。

「師父，您有子夏的消息嗎？」王冉奇問，沙沙的聲音中透著緊張。

「三天前，我收到喜鵲送來的訊息，字條上說他路上遇到奇怪的事，會調查一下。之後就再也沒有消息了。」月升說。

「我們也是收到一樣的字條，看來只好再等幾天。」鄭涵說。

「子夏本領不小，不會有問題的。」張萱語氣肯定的說。

「師父，這次您把我們全部找來，是不是有什麼事要宣布？」王冉奇問。

「我鑽研出一套法力，想把它傳給你們。」月升看了看每個人。

「是什麼樣的法力？」鄭涵問。

「等子夏來，我再一起說。」月升說。大家點點頭。

「徐靜年紀這麼小，她也跟我們一起修習嗎？」王冉奇的聲音讓他的問話聽起來更刺耳。徐靜的臉瞬間紅了，在這些師兄姐面前，她的確年幼，修習時間也短，但是王冉奇毫不避諱的質問，讓她覺得羞愧不已。

鄭涵在一旁歪著頭，戴著玉環的手理理頭髮，沒有出聲，但是徐靜可以感受到她自認不凡的傲氣。只有張萱轉過頭，眼光柔和的看著她，微微搖頭一笑，暗示她不需要在意這兩人的態度。

就這麼一會兒的功夫，徐靜可以察覺到這三位師兄姐的性格。張萱爽朗溫和，願意與她親近，但是另外兩人就不是了，王冉奇質疑她的能力，言語間完全不掩飾；鄭涵自視甚高，帶著傲氣，瞧不起年紀比較小的徐靜。鄭涵的高冷跟月升不同，月升是帶著一種不落俗套的仙氣，鄭涵則顯得刻意，用對其他人的貶抑來突顯自己的不凡。

「她年紀小，可是領悟力高，學習快，這幾年進步很多。我收徒看的不是家世和年紀，這些你們都知道。」月升的話讓大家不再質疑，不過王冉奇還是多看了徐靜兩眼，鄭涵則是一副連看她都懶的樣子。

月升繼續，「而且，你們之中，有人已經有家室，我的法力必須儘早傳給你們。」

大家都不太明白師父的意思，臉上充滿疑惑。

「子夏上個月娶媳婦兒，師父沒有反對啊？」鄭涵問。

「我從沒要求過你們不可嫁娶，其實如果能早日生子……」月升的話還沒說完，一陣鳥叫傳來，大家轉頭看，一隻喜鵲從窗外飛撲進來，然後整個摔到地上，不住喘氣。

月升上前一步，把喜鵲捧起來，感到牠的體內被一股黑暗法力所侵害，趕忙運氣施法，但是已經來不及，喜鵲在她手裡斷氣了。

3

「這是子夏送回來的喜鵲！子夏遇到困難了。」王冉奇面色凝重的說。

徐靜看到本來活潑飛翔的喜鵲，現在全身僵硬，非常不忍，不明白發生什麼事。

「師父用法力讓喜鵲傳訊息給我們，我們也可以將訊息回傳，這隻就是來自子夏的。」張萱解釋給徐靜聽，「喜鵲有法力護身，一般人傷不了牠，一定是子夏遭遇劫難，子夏讓喜鵲出來求救，敵人施法以為阻止了喜鵲，沒想到喜鵲還是帶傷飛回這裡。」

月升從鳥爪上把一小塊布拿下來，她把布放在桌上，徐靜也湊過去看，布上有一些血跡，上面寫了一個字，可是她看不懂那個字。

「子夏慣用的謎面。」王再奇輕哼了一聲。

「柳子夏頗有文采，」月升對徐靜說，「對作詩、寫文章很在行，他喜歡用組合字來傳訊息。」

「只是我們要花腦筋來解謎了。」張萱皺著眉頭。

「我想，他應該是危急中來不及寫太多字。」鄭涵推測，「外面的方形是我們之間的暗號，代表被困住了。他一時沒有大礙，但是被困在某個地方。」

「我看到『滑』字，」王再奇瞇起眼睛，「他應該在滑州。」

「我看到『明』跟『肘』。」鄭涵比了比，徐靜也看到了。原來組合字是把這一個字拆開，再另外組合來看。

「『肘』應該在說他的手肘受傷了。」張萱說，「可能他腹部也受傷了，『月』跟『土』是肚。」

「滑州這麼大，那個『明』應該是暗示某個地點。」月升沉思。

「那個……」徐靜想說又不太好意思。

鄭涵翻了個白眼。

「你想到什麼就說啊！」倒是張萱鼓勵她。

她看了看大家，「『土』跟『寸』是『寺』，他會不會在哪間寺廟裡？」

每個人都點點頭。

「不錯嘛！」張萱拍拍她的肩。

「看來我們要去一趟滑州，問一下當地的人。」月升說。

「那我們快出發，去救子夏！」王冉奇站了起來。

「鄭涵，不如你跟徐靜待在這兒，我們跟師父去滑州。」張萱建議。

鄭涵眼睛蒙上一層寒意瞇了起來，「我不是來當保母的。」

「我也要去！」徐靜不理會她，大著膽子說，「師父不是要教我新的法力嗎？我要證明我也有能力。」

鄭涵、張萱、王冉奇三人表情反應不同，有的贊同，有的驚訝，有的冷淡，不過他們都看著師父，等著她示下。

月升想了一會兒，知道這徒兒年紀小，可是個性積極，聰明膽大，想了想後說：「好，我們所有人一起去。」

徐靜看王冉奇和鄭涵的表情似乎不以爲然，不過不敢違背師父的意思。

「去滑州騎馬比較快，現在天色已晚，市集都收了，明天一早再上路。」張萱說。

「師父，」徐靜忍不住問，「如果你可以讓喜鵲去找到你的徒弟，爲什麼不能再送出另外一隻去找他？」

「小女娃，事情不是你想的這麼簡單，你還有很多要學呢！」王冉奇哼了一聲。

「子夏在緊急關頭送出喜鵲求救，」張萱耐心解釋，「敵人發現了，出手襲擊喜鵲，一定是自認法力高強，以爲喜鵲遭受攻擊必死無疑，所以沒有繼續追擊。一般喜鵲的確必死無疑，不過那隻喜鵲有師父的法力加持，勉力飛了回來報訊才死，我們也花費大半功夫才猜出子夏可能在哪，如果現在再送出另一隻喜鵲，那等於告訴敵人之前的消息沒被攔下，他就會有戒心，把子夏移往他處。」

「更有可能的是，敵人怕我們找到，乾脆先除掉子夏。」鄭涵沉聲道。

徐靜忍不住打個冷顫，原來世上的事這麼複雜，她簡單的一個點子，可能害了別人。她又學了一課，不禁聯想到一事。

「那會不會是敵人故意讓喜鵲飛走，讓牠來報信，想把我們都引過去？」徐靜問。

「學得很快嘛！」王冉奇深深的看她一眼，「心眼也挺多的。」

「應該不可能。」張萱想了想，語氣不確定，「如果他有意要我們過去，就不會去傷害喜鵲，而是讓牠健康平安的回來報訊。」

「不管怎樣，」師父淡淡的開口，「我們明天啟程前往滑州。」

徐靜看著師父，看不出半分緊張和害怕，心裡佩服她的鎮定，也因爲她對弟子的愛護之心而感動。

第二天一早，他們一行五人下山，在市鎮僱了四匹馬，之前徐靜跟師父都是走路，沒騎過馬，覺得很新奇。她不會騎馬，所以跟鄭涵共乘一騎，王冉奇在旁邊翻了白眼，徐靜假裝沒看到。

他們趕了兩天的路，來到滑州一個主要的城鎮，張萱問了幾個人，都沒人聽過寺廟名字有「明」這個字的。

「再到下一個城鎮吧！」鄭涵說。

這時，一個男孩橫衝直撞跑過他們身邊，後面一個婦人追上來，扭著他的耳朵，氣得大罵，「叫你幫忙顧攤，居然跑去賭錢，明天把你丟去明華寺餵鬼！」

「唉唷，唉唷，娘，我知錯了……唉唷……我不要去明華寺……」小男孩哀求著。

月升一行人愣了愣，竟然有間明華寺！

「大娘，」鄭涵走上前，「請問，這附近有明華寺嗎？」

婦人上下打量這一行人，「聽你們口音，外地來的吧？要上香啊，城南的寶照寺香火鼎盛，祈福最靈了。不然城西的清福寺，在山上，景觀好……」

「大娘，」張萱客氣的打斷她的話，「我剛聽你提到明華寺，在哪？」

「唉呀，那間廟荒廢百年了，鬧鬼啊！我們當地人嚇孩子用的，你們來玩，就不要去了。」

「我們專門抓鬼的，不怕！明華寺到底在哪？」王冉奇皺著眉頭問。

「城南寶照寺再過去，往山上走一小段，聽說不乾淨啊，別去了，那個寶照寺啊……」

婦人還念念不忘寶照寺，大夥人謝過後，一路往城南去。

他們經過寶照寺時再詢問寺裡的人，果然往下走有間無人的明華寺在山腰上。

一行人來到山腳，才走幾步，徐靜就感到不對勁。

「這地……在動。」她看著腳下的地面，看不出什麼異狀，她抬頭看，三位師兄姐疑惑的看著她。

「你說什麼啊！」王再奇不耐煩的說。

「我也感到這裡有股不尋常的氣，」月升神色警戒，「徐家世代製陶，跟土淵源頗深，徐靜對土的反應會比較敏銳。」

其他三人馬上警戒起來，對徐靜的態度也有了轉變。

越往上走，那股陰慄之氣越明顯，雖然還不至於傷到他們，但是每個人都運氣在身，小心謹慎。

徐靜心裡有點害怕，更多的是興奮，她知道有師父在，一定沒問題的，況且還有其他三位師兄姐，自己這幾年來的修習也略有小成。剛才她感應到土的能量改變，這點其他師兄姐都沒發現。

不久後，他們來到一間寺廟外，這裡斷瓦殘垣，又髒又舊，又帶著濃濃的陰氣，平時絕對沒人會接近。

廟牆倒塌，大門敞開，看起來裡面一個人也沒有。鄭涵帶著自信，抬頭挺胸，率先往前走一步，她看沒事，又繼續往前。這時，一道黑影飄了過來，這黑影有人形，看不出男女，對著鄭涵手一揮，鄭涵感到胸口一陣氣悶，連忙運氣抵抗，同時兩手往前推，手腕上的玉鐲發出光，一股熱氣隨之送出，來到黑影的面前，黑影馬上消失。

她有了自信，準備再往前走，忽然兩道陰氣一左一右襲來，鑽進體內，原來消失的黑影再度出現，分成兩道，從她左右兩邊夾攻，她一時沒注意，只覺得全身一痛，往後倒去。

月升見狀，向前一跨步，左手扶住鄭涵，運氣幫她回神，右手拂子揮出，對著黑影攻去。張萱跟王冉奇也趕忙一起出手。

張萱從懷裡拿出一支筆，以筆當武器，向黑影揮舞而去，筆尖點上黑影時，黑影會消失一塊，不過黑影也不是省油的燈，消失的部分馬上就可以恢復，而且飄忽不定，迅速躲過筆觸。張萱再度出手，這次他配合師父的拂子襲向黑影的瞬間，快速用筆在空中施法畫出水波紋，只見一道大水憑空出現，水柱像繩子般，向影子捲去。

這是張萱近兩年自己研究出來的法力。繪畫時需要用水，用來調勻顏料或稀釋墨汁，使用毛筆寫字，水量的控制也是一門很大的學問，所以他特別在水氣下功夫，練就空中畫水，無中生水的特別法力。這是他第一次用來應敵，不知道是否成功。他專心施法運氣，把水氣使得更加有力，終於一道影子被水淹沒，沒了蹤跡。

而這頭，王冉奇手一翻，拿出一面鏡子，這鏡子是青銅做的，一面有複雜的刻飾，另一面則被磨得光亮無比。他拿著銅鏡的手揮舞著，反射出的白光照耀著剩下的黑影，黑影這次飄忽得更厲害，一下東一下西，一會兒不見，一會兒又跑出來。不過在月升的拂子和張萱的畫筆，雙重法力襲擊催動下，影子力量開始減弱。王冉奇再努力運氣，雙手更加快速舞動銅鏡，終於在銅鏡來回閃耀的白光照射下，這個黑影也消失了。

大家還是警戒的四處張望，不過影子似乎沒有再出現的意思。

「你覺得怎樣？」月升扶住鄭涵。

鄭涵感到師父手上傳來力量，慢慢覺得好多了，可以站直身體，「沒事了，謝謝師父。」

「這黑影哪來的？是黑影把子夏帶走的嗎？」張萱問，他的筆還是用力的握在手中。

「黑影只是個分身，」月升看看四周，「這分影法是一種古老的黑暗力量，我以爲已經從世上消失了。法術的主人很強，雖然他分出來的影子被你們滅了，力量稍微削弱，但是本尊還在，並沒有消失。」

「那我們還要不要進廟？」王冉奇問，他拿起銅鏡，仔細照著四周。徐靜不知道這銅鏡有什麼法力，不過剛才看到它收服影子，力量應該不小。

「我來。」月升說。她往前踏一步，右手舉起拂子，輕輕一揮，徐靜感到一股柔和卻強大的氣，往古廟漫了過去，周圍的陰邪之氣隨著月升的力量到來消退許多。

王冉奇手握著銅鏡，率先往前走，大家也緊緊跟上。

一行人跨過廟門，雖然四周的邪氣還在，但是他們各個運氣護身，連徐靜都可以保護自己。張萱轉頭確定她沒事，點點頭才往前走。

大殿內靜悄悄的，沒有看到柳子夏的身影。大家四處尋找。

徐靜跟在師父的身邊，這裡雖然敗壞，但是可能因爲鬧鬼的傳說，讓一般人不敢靠近，所以供桌、香爐、椅子等都還在，只是很多都已腐朽，蒙上厚厚的灰塵。徐靜注意到，好幾尊佛像爬滿蜘蛛網，其中一尊擺在角落，異常巨大。張萱的身材算是高大，他從前面走過，也不過那佛像的一半大。

她看著巨大的銅製佛像，肚子圓鼓鼓的，心念一動。

「師父，子夏師兄會不會在佛像的肚子裡？」徐靜問。

「他送來的訊息的確有『肚』這個字藏在裡面。」張萱點點頭。

「子夏是個文人，善詩詞，他的木氣領悟得最通透，而金剋木，這尊銅佛剛好可以制住子夏的力量。」月升說。

「讓我來，火可以剋金。」鄭涵說。只見她拿下頭上的玉簪，運氣在手，然後玉簪向著佛像飛去，這時上頭雕刻的鳥喙噴出火來。徐靜想到，師父教她五行時告訴過她，有些古代的神獸象徵五行的元素，比如朱雀於五行中主火。玉簪上的鳥，一定就是朱雀了。

其他人也在一旁出手幫忙，對著佛像同時運氣，大殿上氣勢磅礴，能量源源不斷，佛像在鄭涵的火焰下發著光，並且漸漸變得透明，徐靜看到一個男子蜷縮在佛像肚子裡。

「沒錯，子夏在裡面！」王冉奇喊道。大家更加賣力施法。

徐靜也想幫忙，她運氣全身穴道，感受到其他人的眞氣，把自己的力量加入。五個人的眞氣衝撞著佛身，終於，男子甦醒過來，他也運氣施法，回應大家的眞氣。

只見佛像周圍的光芒越來越亮，這些光芒最後集中成一道光束從佛像頭頂上升，然後落在地上。一個瘦瘦高高，留著兩撇小鬍子的男子出現在眼前，他的神情有點疲憊，但是沒有受傷。

「謝謝師父，謝謝各位相救。」他感激的對大家拱拱手，看到徐靜也在，歡喜的說，「小師妹也來了！」

「是她猜到你在佛像的肚子裡。」張萱微笑著說。

「謝謝小師妹，多謝各位鼎力相助，子夏感激不盡。」他再度抱拳。徐靜覺得這個人果然有文人那種文謅謅的氣質。

「你怎麼被帶到這裡的？」鄭涵問。她收起玉簪，插回頭髮上。

「我們先離開這裡。」月升說。大家點點頭，小心的觀察四周，確定沒事才一起退出寺廟。

大夥回到鎮上，找到一間安靜的驛館吃飯休息，柳子夏說出他的遭遇。

「我接到師父的喜鵲，速速趕路欲與眾人會合。行經此地，卻感到有人跟蹤，可我如何也找不到人，遂拿出紙寫下現形咒，再運氣把紙撕成碎片，撒向周身，這時我看到一個人影。」

「跟我們遇到的一樣。他有說他是誰嗎？」王冉奇問。

「我問他有何意圖，他只是冷笑，然後對我展開攻擊。慚愧自己技不如人，就這樣被收服在佛像的肚子裡。」柳子夏頗爲懊惱。

其他人都看著月升，她蹙著眉頭，「我也不知道這人的來歷，爲什麼要對子夏不利，現在卻又輕易放我們離開？」

「我想，他的能力足以單獨對付我們任何一人，但是現在我們這麼多人一起，他是討不了好的。」鄭涵說，「我看我們暫時不要單獨行動。」

「我們啟程回去，這一路大家多小心。」月升說。

他們再度騎上馬，往西而去，這一路上倒也平安，沒有再發生怪事。

回到隱山的屋子，月升又花了半個月的時間，檢視每個徒弟修習的進度，加強眞氣修為，才把他們召集過來。

「子夏，我知道你才新婚，就把你找來跟大家會合，為難新媳婦了。」月升說。

「師父有命，徒兒樂意遵從，」柳子夏恭敬的回答，「媳婦性情和順，也明白師父對我的恩情，無有怨懟。」

「好，此時把你們找來，是有原因的，」月升看了大家一眼，「我最近練成一個新的法力，要一起傳給你們。」

每個人聽到新的法力都更加聚精會神，尤其是徐靜，她想到自己可以跟其他師兄姐一起學習，心裡非常期待。

「這裡有人已經知道，有人還不知道，我其實生於秦朝，現在幾歲我也不清楚，大概八、九百歲了吧！」

徐靜瞪大眼睛，師父看起來沒比鄭涵大多少，她一直以為師父天資異稟，所以年紀輕輕就有高深的修為，沒想到原來師父這麼老了！她斜眼偷看其他人，都沒有驚訝的樣子，看來只有她不知道這件事。

「秦朝時，曾有一顆隕石從天外墜落，地點就在當時的東郡。由於石頭上刻著『始皇帝死而地分』，令秦始皇勃然大怒，命手下將領一把火將石頭燒了，還殺了全村的人，不留活口。

「後來，我曾去到東郡，找到那塊闇石，它本來就帶著黑暗的力量，加上全村人死前的怨念，讓闇石的力量變得更加強大。闇石曾試圖控制我，但發現我不受引誘後，便想要將我除掉。最後我將闇石的力量封印住，可是其中一部分還是進入我的身體，所以我得不停練真氣，才能讓它不再擴大。而且我發現，闇石同時也為我帶來長生不老的壽命。」

「我一直以為師父是仙人，所以長生不老，原來還有這段故事。」鄭涵說。

「想不到這樣就殺了全村的人……太殘忍了！不過師父封印了闇石，等於也救了很多人。」張萱說。

「那塊石頭現在在哪？」王冉奇問。

原來其他人也不知道這件事，徐靜暗暗心想。

月升沒有回答，只繼續說下去，「我雖可常保青春，長生不老，但不代表我不會死，如果哪天遭遇不測，在我身體內的闇石力量就會再度出現，肆虐人間。這麼多年來，我一直在找預防的方法。

「終於，我利用五行的原理練成一門新的法術，叫隱靈。我到處尋訪適合的人選，找到你們五個人。你們五人各有天分，每個人擁有五行中的其中一個強項，柳子夏的力量屬木，他擅長詩文，紙漿裡的草木竹可以反應他的力量，所以寫在紙上的文字特別強大。鄭涵的力量屬火，出身玉匠名家，石礫在地心受烈火燒炙，受熔岩淬鍊成晶瑩玉石，又經開採被工匠雕琢而成玉器，鄭涵從小接觸玉，火的力量與她相容。張萱的力量屬水，他擅長水墨人物畫，最近更是練成畫水成水的功夫。王冉奇的力量屬金，他擅於磨鏡，鏡子反射人像，映出人心，所謂寶照含天地，高深的修為可以讓鏡子有顯妖除魔的法力。」

她頓了頓，轉向徐靜，「徐靜的力量屬土，她家世代製陶，與土十分親密，她年紀雖小，但是領悟力高，學習快，資質難得，日後對於土的駕馭將不可小看。」

月升停了會後，繼續說道，「總之，我準備將隱靈法傳給你們五位，你們雖然沒有不死之身，但是你們的嫡傳子孫會得到隱靈的力量。日後，你們將會各自有一個孩子，而且也一定有一個孩子。你們的子子孫孫會代代單傳，並且在隱靈的保護下平安長大，他們就像平凡人，沒有法力，這樣才不會引起有心人的覬覦。如果未來我身遭不測，闇石的力量再現，他們的法力便會因體內的隱靈法再起，接續我的力量，收服闇石。

「子夏剛成婚，不久應該會有子嗣，現在是教你們隱靈的時機。快則兩年，慢則三年，你們就可以得到真傳。所以接下來的時間裡，我們師徒六人會在這山上一起修習。」

「是，師父！」五名徒弟異口同聲的回答。

4

匡啷！一個聲響打斷徐靜的回憶，即使是黑暗中，她也可以感覺到，那是一隻老鼠跑過破碎的陶片發出的聲音。這裡的陶器，都是爹爹從山邊開採來的陶土做的，陶土裡帶有許多礦石，造就黃治窯出產器皿的獨特性。從早期的青瓷，演變到如玉般的白瓷，這些白瓷有的質地厚實，樸拙簡單，有的薄如蛋殼、幾可透光，或是胎體稍粗，上面施予黑色亮釉的黑瓷。除此之外，就是爹爹徐六師最擅長的隨葬陶俑。

爹爹製作的隨葬品精緻多樣，用白色的陶胎素燒，這種坯體的吸水性強，可以讓黏接的部件牢固，素燒後的強度也比較大，之後再用混釉技法，以綠、白、藍、黑、紅等釉色把器皿的內外都填滿，釉色飽滿精潤，他做的隨葬品可是這一行的上品。

從三歲開始就不離身的陶娃，就是爹爹從準備要做隨葬陶俑的陶土中挖一塊土做給她的。後來那一大塊陶土，爹爹做了好幾個陶俑，有馬、有駱駝、有鎮墓獸等，進獻到宮裡，給達官貴族死後一起陪葬。

徐靜閉上眼睛深呼吸，這是她出生的土地，每一塊泥，每一片陶，每一個俑，都是她熟悉的力量，當初師父就是看上她與土的深厚連結，所以收她爲徒。

她再度深呼吸，開始運氣施法，將這些力量運到手上。她雙掌合十，感覺這股氣從手臂回到丹田，然後往下到雙腿、雙膝、腳掌，最後再往下穿透鞋子，往地裡鑽去。像小石頭投入池水中激起漣漪，這股能量以她爲圓心，迅速向外一圈又一圈的漫去，一寸一寸的漫過身邊，守護這片土地。

好了。徐靜睜開眼睛，這樣一來，有誰接近這個被法力覆蓋的範圍，她馬上就會知道。做好保護措施，她便返回房裡休息。

「咳咳咳……」一陣劇烈的咳嗽加喘氣把徐靜吵醒，她連忙起身，把子淯扶起來坐著，雙手抵著他的背，幫他運氣。

「呼……」一炷香之後，子淯長吐一口氣，呼吸總算緩和下來。

「你覺得怎樣？」徐靜撫著他的背問。

「沒事。」子湞擺擺手，可是徐靜暗暗不安，這幾天下來，他的眞氣大損，元氣也沒恢復，她輸入的內力好像大石落池，沒有回應。

「不曉得子堃現在在做什麼……」子湞幽幽的說。

「才兩歲的孩子能做什麼，應該被他的表哥們追著跑吧！」徐靜笑笑，「他在姊姊家，有姊姊照顧，不會有事的。」

子湞點點頭，臉上也帶著溫暖的微笑。

「等你好點，我們就上路，去接子堃回家。」徐靜柔聲的說。

「想不到，我終於有子嗣了，我的王朝將崛起，並且源源不絕的傳遞下去。靜兒，謝謝你給了我這個禮物。」子湞說話聲音微弱，但是語氣興奮，「子堃將有我們的法力，加上你的智慧，我的勇氣，日後必能輔佐我，我們倆將統治這個世界。」

「現在最重要的，是把身體養好。」徐靜擔心的說，「想不到，師父下手這麼重。」

「我告訴過你，月升的身體裡有闇石的力量。她說得好聽，闇石只是讓她長生不老，其實她日日夜夜遭受這個力量侵蝕控制。她爲了抗拒努力練眞氣，但是她根本沒那個能耐，終有一天會遭闇石的力量反噬，到時不僅月升會神形俱滅，整個世界也將萬劫不復。只有我，我有能力不受制於闇石，而且還能掌握這股力量。這次我們沒有成功，卻也不算失敗，我雖然受傷，但是她也受了重傷，我們還有機會！」

徐靜嘆口氣。她知道子洧沒說謊，她自小敬愛的師父，教她武功、法力的師父，的確如他所說，有著陰暗的一面，讓她幾次與死神擦身而過。

＊＊＊

在隱山上跟師父和師兄姐的修習，與在家裡的山上是很不一樣的。在家裡，除了師父在時那兩個月，其他的時日，她都跟隨爹身邊在窯場幫忙，閒暇時才練真氣。而在隱山上，她時時刻刻都在練功夫，不僅師父督促，師兄姐也會叮囑她，讓徐靜對自己的要求更高。

他們的進度比師父估計的慢，五年多大家才陸續學到真傳，那時徐靜已經十七歲了。她無法形容那樣的感受。她的法力更加精進，體內的感官更加敏銳，尤其更是容易感應到土的能量變化。

這天，一隻小鹿踏上屋外的石地，徐靜馬上就感到牠的出現，而且從牠腳落地的輕重不一，知道牠受了傷。

「有一隻鹿靠近，牠受傷了。」徐靜悄聲的說。幾年相處下來，大家都知道她的能耐，沒有人懷疑她。此時師父到山上修行，王冉奇跟張萱在打坐，她和鄭涵、柳子夏來到屋外。

小鹿看到有人出現，驚嚇得要跑走，柳子夏在空中用手比劃一些語句，對著小鹿送了出去，在小鹿耳邊傳述他們想要幫助牠的意思；鄭涵也舉起手，手腕上的玉石散出熱氣，這熱氣可以安撫心智，傳送善意。終於，小鹿不再恐懼，乖巧的跟著他們來到屋前。

「牠好像受傷了。」徐靜說。鄭涵跟柳子夏過來看，可是沒看到什麼傷口。

這時王冉奇跟張萱也過來幫忙。王冉奇拿出鏡子，在小鹿身邊繞了一圈，反射的光線來回映照在小鹿身上。

「看到了。」王冉奇指著小鹿的腹部，鏡面照射的地方，「牠的肚子裡有一顆堅硬物體。那是讓牠不舒服的東西。」

另外四人都無法看到王冉奇看到的景象，這兩年他學了隱靈後，功力也是大增，可以用鏡子看到一般人看不到的東西。

「那怎麼辦？」徐靜輕輕揉著小鹿的肚子。

「我去找師父回來吧！」柳子夏說。

「一去一返費時，我來。」張萱說。他從懷裡拿出一幅畫，那是師父的畫像。張萱運氣施法，接著就消失在大家面前。其他人愣了一下，過去他們沒看過張萱施展這項新法力。

「他跑哪去了？」王冉奇粗著聲音說，一旁三人也一頭霧水。

沒多久，張萱又忽然出現了。

「我跟師父說了，她在回來的路上。」張萱輕鬆的說。

「你剛剛跑進畫裡？」鄭涵問，「我們都沒看到你在裡面啊！」

「雕蟲小技而已，」張萱雖然這麼說，但是看得出來很得意，「我第一次嘗試把法力跟人物畫法融合，在徵求師父的同意後，我用她的一根頭髮磨在墨裡，這張畫就帶有一部分她的眞氣，我新練的法力可以讓我進入畫中，跟裡面的師父對話。再加上師父法力高強，可以跟畫裡的她精神相呼應，所以就可以把我的話帶給師父。」

「原來如此。」鄭涵說。

「神乎其技，佩服佩服。」柳子夏拱手抱拳。

「所以你沒眞的見到師父本尊，只是傳話而已。」王冉奇的語氣乾澀，聽不出來是諷刺還是嫉妒。

「你每張畫都可以進去嗎？」徐靜歪著頭問。

「這是我第一次嘗試，或許以後等我的法力變得更強，也可以去別的畫，在不同的畫裡遊走。」張萱說。

大夥正閒聊時，月升從後山回來。

「師父。」一行人恭敬的行禮。鄭涵把發現小鹿肚子裡有東西的事跟師父說。

「嗯。」月升點點頭來到小鹿身邊，鄭涵跟柳子夏持續保持小鹿的穩定，月升伸出手，按著小鹿的肚子，她施法運氣，輕輕按壓，把內力輸入，過了約一盞茶的時間，小鹿低頭乾嘔起來，吐出一塊像是小石頭的東西。

「這是什麼？」徐靜好奇彎下腰撿了起來，看起來像是某種堅硬帶刺的毬果。

「這小鹿沒事了，不然，殺來煮鹿肉羹也不錯。」師父的聲音傳來，徐靜大吃一驚。

「不要啦，這麼可愛的小鹿殺來吃好可憐啊！」徐靜說著抬起頭來，卻只見師父的臉上充滿疑惑與驚訝。

「沒人說要殺鹿來吃啊？」鄭涵白了徐靜一眼，「我待會帶去山上放了。」

咦？她剛才明明聽到師父的聲音啊。怎麼會這樣？其他人爲什麼沒聽到？徐靜正要發問，她又聽到師父冷峻的聲音。

「這孩子似乎聽到我的想法？有可能嗎？我一定要弄清楚！」

徐靜驚訝的看著師父，師父並沒有開口，可是她卻可以聽到師父的想法，而師父的想法充滿恐懼不安。沒錯，剛剛聽到的不是師父說話的聲音，是心裡的想法。

不知道爲什麼，徐靜感到非常害怕，她低著頭，假裝對小鹿很感興趣，認眞撫摸著牠，可是師父的思緒仍不斷傳來。

「她眞的可以知道我在想什麼嗎？如果是這樣，這孩子不能留！當初她看到我在月下全身發光，要不是她資質過人，也願意當我的徒弟，不然，當時就把她除去了。留下她不知是福是禍，我要問清楚。」

「徐靜，你剛才說什麼？是誰說要殺鹿爲食的？」月升語氣平常的說。但是徐靜已經全身冒著冷汗，只能努力運氣，保持鎮靜。

「這鹿看起來可口，殺來吃也沒什麼。」王冉奇剛好這時候插話，他一向對食物口味要求高，五年多來，六人的飲食大多是他負責，「徐靜怎麼知道我心裡想什麼！哈哈！」

王冉奇平常跟徐靜最不合拍，但是現在無意間講的話卻救了她。

「還是她聽到王冉奇的想法？」師父的想法變得沒那麼緊張，不過還是存有懷疑，「當年師父曾傳授我探心術，可是我一直沒能抓到要領，莫非徐靜卻意外學會了？」

「師兄法力無邊，我哪可能知道他的心意啊，不過師兄一向好吃，我果然一猜就中。說不定等我的眞氣練得更高深，還眞的能知道師兄在想什麼呢！」徐靜努力保持冷靜，用一種天眞無邪的口氣說。她暗暗希望，她知道師父的想法，師父可不要也知道她的想法啊！

「靜兒，你過來。」月升口氣平淡的說。

徐靜知道師父在試探她，非常害怕，不知道師父能探出什麼，卻又不敢不從。她現在反抗的話，恐怕馬上被殺，可是又想不出什麼辦法，只好若無其事的走到師父面前。

月升照往常那樣，右手持著拂子往前一指，徐靜感到一股冷冽的氣籠罩全身，這次的氣特別陰冷，可是她不敢抵抗，讓師父的力量在她全身周圍遊走。

「看不出她有什麼不一樣的地方，難道是我多心？」徐靜可以聽到師父的思緒，「我收服闇石的力量，但它部分的力量也入我身子，有時候不免擾我心智，失去控制。我天天修煉眞氣，爲的就是跟這力量對抗，可陰邪之氣強大，有時候會反制我心，這件事世上無人知曉，若有人知道，便是心頭大患，必將除去。」

徐靜感到師父加在她身上的力道變強，她靈機一動，彎下腰，大聲叫出來：「唉唷師父，弟子授業未精……身體受不住了……」

其他人都湊上來，鄭涵本來要帶小鹿離開，也停下來。

「看來她沒有探心術。不過我得注意，不能讓自己在徒弟面前失控。」這是徐靜聽到月升心裡的想法，不過她嘴裡說出來的是，「我剛剛探你的木氣有點乾澀窒礙，需要水氣助行，再多加勤勉修習。」月升說完便轉身離開。

鄭涵也帶小鹿離開，其他人繼續練功或是生火煮食，一切如常。徐靜驚魂未定，先回到房裡休息。

看來，師父並沒有發現自己可以聽見她的想法。爲什麼會這樣？大家在得到隱靈後，法力都變強了，而且每個人各有特色，難道，她的能力就是可以探知師父的想法？等日後法力更加精進後，她也可以知道其他人的想法嗎？

原來師父並不是像她表面上看起來那麼正派，她有著陰暗的一面，也有邪惡的念頭。原來在第一次見到師父的時候，如果自己資質差，或是不肯當她徒弟，她就會下手殺害。還有這次要不是她察言觀色，察覺師父的惡意，趕緊否認自己擁有探心的能力，師父也不會手下留情。

徐靜感到不寒而慄。她該告訴其他師兄姐嗎？她搖搖頭。五年來，她雖然跟大家日夜相處，可是其他人年紀比她大很多，大部分的時間都在努力修習，很少跟她交心聊天，而且他們跟隨師父的時間比她長，一定不會相信她的話。

她忽然覺得很孤獨，很想家。五年了，不知道爹爹和姊姊都還好嗎？師父嚴格禁止他們對外聯繫，要五人全心修習，因此她完全沒有家裡的消息。不知道什麼時候才可以回家？

徐靜躺在床上，帶著恐懼、不安、擔心、想念等種種複雜的情緒入眠。

5

過了半個月，某個月黑的晚上，這晚大家早早歇息，徐靜還留在灶房善後，正準備回房時，看到張萱在等她。

「徐靜，」張萱看到她微微一笑，「累嗎？不累的話，可願走走？」

幾個師兄姐中，張萱對她最親切，不時私下提點她，或者跟她聊聊天，不像其他師兄姐，很少跟她互動。

「不累，」她搖搖頭，「我們到後山走走好了。」

這天沒有月亮，不過因爲沒有雲霧，滿天的星星顯得特別閃亮。

「你最近怎麼了？」張萱開門見山就問，「有時候看你魂不守舍，心事重重的樣子。」

徐靜有點心驚，想不到自己的不安被人看出來了。

「沒事。」徐靜勉強的說，「很明顯嗎？」

「我想其他人忙著練功，沒有想太多，」張萱頓了頓，「但你知道，我很關心你。」

「謝謝師兄。」徐靜隨口回答，心裡沒去多想這話裡其他的意思，也沒看到黑暗中張萱熱切的眼神，她只是擔心自己內心的恐懼是不是被看出來了？其他人會不會告訴師父？她可不可以跟張萱談關於她對師父的發現？她可以信任張萱嗎？

「所以……你眞的心裡有事？」張萱小心的問。

「我……我想問，你有沒有發現師父……師父……」徐靜思考要用什麼樣的字眼，「師父最近有什麼不一樣？」

「原來你在擔心師父。」張萱的口氣帶著微微的失望，他深呼吸一口氣，換個情緒說，「你眞是貼心，我也察覺到，師父這五年來用心教導我們法力，實在花費很多心力。現在我們練到一定的程度，可是她老人家還是不放心。不過我想大家應該很快就會修習完，到時候，師父就輕鬆了。」

徐靜感到無限灰心。這不是她想討論的。張萱不會懂，沒有人會懂。他們都把師父奉爲天神，從來沒有質疑過她，徐靜如果敢有任何不敬的言語，一定會被大家誅滅的。

「是啊，我也希望師父能夠一直順心。」徐靜說。只有她自己懂這句話裡的含義，「好晚了，我要去睡了。」

「去睡吧！」張萱溫柔的說。

那天之後又過了半年，師父覺得大家學得差不多了，終於讓他們下山。這半年徐靜過得非常痛苦。師父嚴格督促大家練功，也時常試探她的功力，但是徐靜害怕師父發現她擁有探心能力的祕密，更害怕師父會對她下殺手。平常跟師父的相處也變得小心翼翼，要仔細辨別師父是真的在講話，還是聽到她心裡的想法，避免又露出破綻。

從五歲開始跟隨師父，彌補了徐靜沒有娘親的遺憾，她一直以師父爲天，可是現在，敬重愛慕的師父卻整個變了樣。徐靜是一個愛恨分明的人，她無法接受這個表面正派、內心卻隱藏黑暗面的師父，這個隨時都可能殺了她，讓她戰戰兢兢過活的師父。

慶幸的是，這些日子都沒被師父發現她的這項能力，師父如果察覺她心不在焉，她就說想家了。幾次之後，她聽到師父被說動了，相信她的話，沒多久師父就決定讓大家下山。

這讓她鬆了一大口氣，她主動跟師父說自己可以行走江湖，要獨自離開。師父也答允，徐靜和其他師兄姐就此拜別師父，下山回家。

下山後，她一個人往南走，這天在一條無人的郊外黃土道上，遠遠的，徐靜就看到有人坐在路旁。她本不以爲意，不過她越走越靠近，發現這人身上散發一股強大的法力。這力量不逼人，但是可以感覺出這人並沒有向她隱藏這股力量，也就是這人在等她。

她不知道此人是敵是友，除了在滑州跟著師父、師兄姐一起救出柳子夏時遇到的分影法外，她還沒有遇到其他師門以外的人會法力，她既小心又好奇的靠近這人。

距離還有幾步遠的地方，這個本來背對著她的人起身站了起來，徐靜可以看到，是個年輕男子。

男子身材高大，長得英挺，這是徐靜對他的第一印象。他全身散發一股強而有力的氣息，徐靜確定兩人沒見過面，可是卻對他有種很熟悉的感覺。

「徐靜姑娘。」這人喊出她的名字，讓她非常吃驚。

「閣下是……」

「我姓子，名淯。」子淯的聲音並不特別宏亮，但是帶著一種自信的力道。

「你怎麼認識我？爲什麼在這兒等我？」徐靜問。

子滑明亮的眼眸直盯著她看，徐靜覺得自己應該躲開，可是她卻甘願讓他直望入她眼底。

「我在這裡等你五年了。」子滑微笑著。

「五年？」徐靜瞪大眼睛，「你在這裡等我這麼久？爲什麼？」

「五年在我悠長的生命裡只能算短短的一眨眼。」子滑說，「我跟你師父月升一樣，來自秦朝，我們的身體裡都有闇石的力量。」

難怪有股熟悉的感覺，原來不是長相，是他們身上法力散發的氣息。

「所以，你跟我師父是朋友？」徐靜感到一陣恐慌。

難道師父自己下不了手，卻在徐靜下山後派朋友下手？

「不是。」他的直接了當馬上讓徐靜安心，「我是兩大王朝的皇子，我娘是帝辛的女兒，也是婦好的後代，她常常囑咐我，要有婦好當年勇敢善戰的精神，要去找婦好傳世的巫術。而我爹是秦始皇，父王在一次的巡行中遇到我娘，隔年我娘就生下我，她遵從先王的遺命，諄諄囑咐我將來一定要取得皇位。」

想不到這人的來歷這麼特殊，徐靜都聽呆了。

「當年，隕石落在東郡，就是父王派我領兵去燒了闇石，還殺了全村的人。」子滑繼續說。

徐靜聽了，忍不住打個冷顫。原來就是他！全村的人！他怎麼下得了手？

「我領旨奉命行事，若我不從，當年不只我死，我一干隨從也得死。」子滑看她皺眉，柔聲的說，「但這也是為什麼我後來決定要拿到闇石的力量。闇石的力量無比強大，現在我雖有部分的法力，但是不足以讓我成為帝王。當朝時局紛亂，我身負兩大王朝的期待，當上皇帝是我的使命，我必須要有強大的力量，才不會重蹈過去的錯誤，才能完整的統治這個世界，而不是整日戰戰兢兢，還濫殺無辜。」

子滑的話讓徐靜心生欽佩，他是個有遠大抱負的人，是個有理想、有擔當的人。

「你既然有法力，又長生不死，為什麼還不能當上皇帝？」徐靜好奇的問。

「你坐下來，我慢慢告訴你。」

他輕輕扶著徐靜的手肘，徐靜沒有拒絕，讓他引她坐在路邊的大石上。

「我是得到闇石的法力，但是它的力量太大了，我的身體承受不住，一股暗火炙燒我全身，我當場昏了過去。當時父皇找了上清師父來救我，他吊住我的眞氣，讓我不會被這股力量吞噬，但是我的肉體承受不住，整個人昏迷不醒，即使我的眞氣沒有消散，但就是無法驅動我的肉體。

「上清師父知道我的眞氣一時無法跟身體結合，若分離太久，眞氣會消散於天地間，需要找個人來讓我附身。而我的眞氣帶著闇石的力量，這個被附身的軀體也要有夠強大的眞氣才能駕馭，所以上清師父自願讓我把眞氣附在他身上，他估計，在他的法力幫助下，大約五十年的時間我就可以復原，眞氣可以跟肉身會合。

「五十年來我附身在上清師父身上，跟師父互惠共存，師父因爲我多活了五十年，而我也從他身上學到不少，這五十年之間，我的肉體果然氣血活絡起來，有一天，他告訴我，我可以離開他的身體了，我離開後他就會死去，剩下的就要靠我自己了。

「我雖然不捨，但是只有這樣我才能回到自己的身體。我的眞氣離開了上清師父，師父也當場氣絕升天，我的眞氣跟肉體終於再度合一，恢復五十年前的樣貌，而且還有更多的法力。

「可是好景只維持三個月，有一天，我感到全身有如火燒，我的肉身又失去意識，眞氣懸浮在空中，無法著力。我又氣又怕又著急，那時，師父已經不在了，我必須自己想辦法。還好，五十年來跟隨師父的修習有很大的幫助，他曾練就分影法，把自己的影子跟肉體分開一段時間，這影子沒有攻擊力，只是用來擾敵。我運用這法力，把眞氣附在影子上，想不到居然可行，才不至於讓眞氣四散於天地間，也不用去找合適的人附身。如此形影分離維持了七天，我才能再度跟身體結合。

「那讓我了解到自己還是沒有完全恢復，我的眞氣只能待在身體裡三個月，然後我的肉身會失去力量，需要休養七天，眞氣才能再度進入肉身。這都是因爲我只拿到闇石部分法力的緣故，所以，我一定要回到東郡，取得闇石完整的力量，唯有如此，我才不會受這種形影分離的痛苦，我也才眞正有力量當上皇帝，統一天下。

「當我回到東郡時，發現那顆隕石已經不在了。可是，我感應到當地微弱的闇石力量，它把我走後發生的事一一告訴我，並要我去找一個叫月升的女子，找到她，我才能得到全部的法力。」

「我懂了，」徐靜聰明伶俐，把很多事情串了起來，「當年，是你帶走柳子夏，把他困在滑州的明華寺，就是想引師父出現。」

子滑帶著莫測高深的笑容。「那次我行經滑州，一天夜裡，我全身又燃燒起來，我知道那是每三個月一次的形影分離之劫。我雖然找不到破解方法，但是現在，我的眞氣跟影子結合後，還是可以使用部分的法力，甚至在把分影法練得更精進後，我可以把一個影子分成兩個影子，也能讓影子隱形。

「我知道我的肉身即將失去意識，所以來到明華寺後面，躺進一個裝經書的大木箱裡。五天後，我的眞氣離身，附在影子上面，這時我遇到你的師兄柳子夏，他來到廟裡投宿，我感覺到他身上微弱的闇石力量，明白若要找闇石一定要從他身上著手。

「當時我形影分離，沒有足夠的力量制伏他，讓他帶我去見月升，所以我只能把他困在佛像裡面，計劃七天之後，眞氣跟肉身會合，再開始行動。沒想到，子夏送出喜鵲引你們過來。你們來時，我曾試圖出手，只是月升的力量果然非常強大，你們的力量也不可小覷，當時，我以影子的形態，絕對沒有足夠的力量對付你們所有人，只好先行離開。但是，最重要的是，我已找到我要的東西。」

「什麼東西？」徐靜忍不住問，但心裡隱約知道答案，心跳開始不受控制。

「你！」子滑的頭微微傾著，眼神直直望著徐靜，那個角度帶著神祕迷人的魅力，

「我看到了你，我感受到你的力量，你是這麼的突出，這麼的不同，而且，你身上也有闇石的力量。」

徐靜的臉紅了起來，她想說什麼，卻什麼話也沒從嘴裡出來。

「你和柳子夏都是月升的弟子，帶著闇石的力量也不稀奇，但是你跟其他人不同。從你踏進寺廟我就可以感受到了。你身上帶著強大的力量，帶著堅持的毅力，還有對人性的好奇。」子淯的眼光柔和，「當時，我就知道自己深深被你吸引，我一定要找到你。那天，你們一行人從明華寺匆匆離去，我從你們的談話中知道你們要往哪座山去，所以我來到這裡，等著你的出現。一等，就是五年。」

徐靜看著他，無法想像有人這麼執著，爲了她，在這裡等了五年。

「你……你找我做什麼？」徐靜覺得自己的問題很傻，可是頭腦一時混亂，也不知道該說什麼好。

「我要帶著你，一起練闇石的力量。」

6

子洎的手扶著她的手肘，她感到一股熟悉的力量傳進身體，跟師父的力量不一樣，卻又有很多相似之處。

「我跟著師父也學到很多法力啊！」徐靜說，心裡忍不住想到師父的另一面。

「你的確可以從月升身上習得法力，但她不是值得學習的對象。她表面正直，然而闇石力量已經侵入她的身體，力道之強，不是她可以控制。她以爲自己掌握得宜，可是不知不覺間，她已經被侵蝕，骨子裡其實陰險狠毒，這樣表裡不一的人，你會有危險。」

徐靜非常驚訝，想不到這個剛見面認識的人，可以了解到她這些日子來心裡的恐懼跟煎熬，他的話直接刺進心裡。她的眼淚忍不住流下來，這陣子以來隱忍的不安、失望、害怕，終於發洩出來，她無聲的哭著，好一會兒才停下來。

「我第一次遇見師父，她就曾經想殺我，當時我才五歲，無意中看到她全身發光的樣子，要不是我答應當她的徒弟，她就會殺我滅口。」徐靜沉痛說出她在山上聽到師父心裡想法的經過。

子湑臉色凝重，眼神帶著了解，靜靜聽她敘述。

「還有一天，我晚上睡覺時，被屋外講話的聲音吵醒，我坐起身看向窗外，師父就著月光沉思。我發現，那吵雜的聲音其實是她內心的想法，那些想法紛亂無章，很多陰暗、不爲人知的思緒一直傳來。像是她喜歡清靜的生活，可是爲了把法力傳給我們五人，不得不跟我們相處，這讓她如何的厭惡跟不耐，以及我們的進度不如預期，更是讓她焦躁煩悶，有時候恨不得殺了我們，另外再找五個資質更好的徒弟。還有其他更多，讓我聽得心驚膽跳。第二天早上，我看到屋外的林子裡有許多小動物死去，我好害怕，可是什麼也不敢說。我以爲這事只有我知道，想不到你……」

徐靜看著他，眼神中帶著安慰和感激。子湑微笑，對她點點頭。

「你看，我們的相遇，是不是一種注定？我一看到你就知道，你是我要找的人。當年我並不知道你會看穿月升這個人，你自己也不知道。可是我就是知道是你！我用了五年的時間，執著等待你出現，果然我的直覺是對的。我們都了解月升，這是別人沒有的，這讓我們相知相惜。」

子湑的話打動了她，那種被了解的心情，讓她的心溫暖起來。

子湑神情熱切，語氣激動，「我一直要找一個跟我一起建立新王朝的人，一起延續王朝命脈的人，現在我找到了，就是你！我們一起練眞氣，把我體內的闇石力量發揮出來，同時去找月升讓她交出闇石，她不配，也沒有能力擁有這樣偉大的力量。可是我們兩個可以善用這力量，主宰這個世界！」

徐靜本來是敬重欽慕師父的，可是經過這些日子，那樣的情懷被恐懼取代，現在子湑出現，跟她站在同一陣線上。他高大俊朗，全身帶著一股自信的狂氣，他的理解讓她安心，他的理想讓她目眩嚮往，她把對師父的敬重轉移到子湑的身上，也讓她覺得天地間終於有了依靠。

她帶著子湑回家，一路上，兩人言笑晏晏。同樣是從秦朝活到現在的人，相較於月升的清冷安靜，子湑卻侃侃而談，顯得博學熱情，讓徐靜爲之傾心。徐靜本身也是伶俐聰明的人，雖然年紀輕，歷練少，但是反應快，兩人相處融洽，讓這趟路更輕鬆有趣。

只是沒想到，五年來世事變化之大，她的爹爹半年前過世，窯場的工人都散了，她找到鄰居，問出姊姊兩年前已經出嫁。她帶著子消，來到姊姊的夫家，把子消介紹給姊姊一家人。半年後，在姊姊這唯一親人的見證下，跟子消完婚。

「我們不能老是住姊姊家，」一天，徐靜跟子消說，「我也不想回老家，我怕師父來找我。」

「她還是會每年固定去你家教你練氣嗎？」子消問。

「我們離開隱山前，師父說我們學得差不多了，她要去雲遊一陣子，要我們自己修習，有事的時候才會找我們。可是我還是不想她來這裡找到我。」徐靜說，語氣裡帶著恐懼。

子消想了想，「那我們去濮州。」

「濮州？」

「對，那裡是秦朝時的東郡。」子消說。

徐靜心領神會，那就是闇石墜落被焚的地方。

「我們去那裡練眞氣，修法力，把闇石的力量發揮出來！」子消的眼睛裡閃著光采。

「好。」徐靜微笑。子淯有上千歲了吧？每次問他，他都只是笑笑說數不清了。可是講到練法力、統一天下，他永遠像個孩子似的興奮與期待。

他們離開姊姊家，前往濮州。當兩人來到當年東郡的山上，徐靜馬上感到腳底下傳來的那股熟悉的力量。

「原來就是這裡。」徐靜看看四周，千百年過去，過往的劫難早不見痕跡，沒有人記得這件事，新的生活再度開始，人們和牲畜來來往往，生命的力量再度鼎沸。

「很難想像是不是？我們找個地方安定下來吧！」子淯說。

他們買了一棟宅子，子淯有生意頭腦，英氣颯爽的外表讓人樂意接近，自信滔滔的口才讓人願意信服，做生意從不失敗，攢下了許多財富，這也是為了將來統一大業而做的準備，萬事俱足後，就等他能解決形影分離的問題了。

「我一定盡我的力量幫你，」徐靜依偎在子淯身上，「師父傳授許多法力給我，她大半的法力來自闇石，我們一定可以找出辦法。」

「好靜兒，」子淯摟著她，「我說過，第一眼看到你，我就知道你與眾不同，我就知道你會為我帶來希望。」

他們一起練眞氣後，徐靜發現，子淯身上的確有著跟師父類似的能量，強大、霸氣，但是顯得破碎不連貫，好像一棵千年神樹，高大壯碩，有不死之軀，但同時卻又被樹蟲蛀蝕到內外千瘡百孔。

子淯也在徐靜身上尋找他熟悉的闇石力量，這力量雖然經過月升的法力重新淬鍊整合，壓抑陰暗邪惡的部分，但本質是不變的，而且徐靜年輕，這讓她的法力充滿另一種新鮮的活力。只要好好利用發揮，一定不可限量。子淯想。

另外，子淯的魂魄曾經附在上清師父身上，當年秦始皇命人製作陪葬人俑時，曾讓上清師父帶著這些陶匠，一起對陶土祈福施法，做出可以保衛皇陵的人馬車俑。從徐靜的言談中，他發現她的祖先曾經也是陶匠的一員，這點讓他非常驚訝，因爲他知道，當時父王建造完陵寢時，殺了許多修陵人，包括陶匠，可是徐家祖先居然可以避過，一定是受到上清師父的某些法力庇佑，也使得徐靜對土的能量格外敏銳，這正可以解釋，他對徐靜的感情，不只是一見鍾情這麼簡單，他們身體裡面的力量早就有某些程度的連結，他們注定是要在一起的。

「我有個想法，」子淯興奮的說，「這些陪葬俑在土裡有上千年了，當時，父王請方士祈福施法，已經蘊藏很多的法力，加上長年在墓裡，不見天日，全然吸收土的能量，如今想必更強大。如果可以找到陪葬俑，取得這些力量，絕對可以超越月升身上的法力。」

「你是說，我們要去挖你父王的墓？你知道在哪嗎？千百年來，多少盜墓者想要找到秦始皇的墓，開挖下面的寶藏，可是都不成功。爹爹說，那是因爲有法力保護，讓後人永遠不能染指。」徐靜的語氣帶著驚訝和不安。但是子滑可以感覺到，在她不安的心情底下帶著冒險的期待。他微笑看著自己心愛的女人，他了解她，年輕的心帶著好奇的嚮往，並且永遠支持他的決定。

「父王的墓在驪山之北，渭水之南。當年我附在上清師父身上，除了一起去窯場監督陶匠製作陶俑，還常常要去陵墓確認這些陶俑被安放在對的位置。父王在棺槨的四周安置了上萬個兵俑，同時還有馬俑、戰車、兵器，基本上就是一個萬人的軍陣。這軍陣有步兵前鋒，手持戈、矛、劍、戟等。有弩兵陣，陣心是一百六十個跪射俑，四周是一百七十二個立射俑於陣表。有駟馬戰車方陣，排列戰車八列，每列八乘，共有六十四乘，每乘車都有四匹馬駕車。在戰車的引導下，後面有騎兵陣，共有一百零八騎，排成整齊的長方縱隊。四匹馬一組，馬匹年輕勇健，騎兵站在馬匹前方，挺立威武。整個軍陣配備完整，蓄勢待發，就等主人一聲令下，這些帶著黑暗冥氣的力量就會開始行動。」子滑的眼神遠眺，彷彿在他們面前的不是桌子椅子，而是一大片的秦陵，裡面有萬人的軍馬等著上戰場。

子滑繼續說，「父王死了，他沒有得到永生，可是我有，我不僅是他的骨血，還永生不死，我是天下最有資格繼承這一切的人。我相信，憑我們兩個人的力量，一定可以讓這些陶俑重現於世！」

「好，我跟你去找！」徐靜堅定的回答。這世上只有子滑懂她，愛護她，而他又擁有皇室的血統和無比的力量，她自然一切以他爲重。徐靜在心中暗暗發誓，一定要找到破除形影分離的方法，跟子滑一起建立他心中的王國。

他們一路向西行，終於這天來到驪山，徐靜看著眼前翠綠的山脈，綿延不斷，秀麗蒼朗，不禁想起爹爹。爹爹曾經告訴過她上古時期女媧的故事，盤古開天闢地後，有了山川河流，花草野獸，可是只有女媧一人生活在世間。女媧覺得孤寂，希望這世上也有像她這樣的生命存在，於是想了個辦法，試著用河水和泥土捏塑人形，創造出第一個泥人。想不到女媧把泥人放到地上後，泥人居然活蹦亂跳起來。女媧很開心，就這樣捏出一個又一個泥人，這就是人的起源。

「女媧是我們做陶的先祖，她用水和泥做出人形，賦予陶土生命力。這片大地就是生命的起源。」爹爹尊敬的說。他還說，女媧的故事就是發生在風景優美的驪山，他一直想去驪山看看，可是爹爹這一生忙著陶場的工作，從未離開過家鄉。

現在她來到這裡，彷彿替爹爹完成心願，心裡又感傷，又開心。

「這裡！」子淯帶她來到一個山丘下，遠望眼前的山頂，「父王的陵墓就在這。」

同樣一個地點，她的爹爹爲了生活勞碌而不能前來，而子淯的爹爹貴爲一國之君，不僅生活無憂，死後還可以擁有這一大片土地，有整個軍陣保護他，同爲男人，同爲人父，際遇竟如此不同。徐靜不免感慨萬分。

她看著這片腹地廣大的山丘，上面樹木蒼翠茂盛，綠意盎然，這土地本身就含有巨大的力量，如今還有秦始皇和成千上萬的兵馬俑在裡面，能量更是不可計數。

「你打算怎麼做？」徐靜問。

「我曾經數次請盜墓人進去，可是全都死於非命。當年父王命人修陵，爲了防後人盜墓，設下機關弩箭，灌入水銀，所以不是一般人可以親近的。我知道你善於運用土氣，或許我們不必親身入墓，可以用法力把裡面的力量引出來？」子湑說。

徐靜想了想說，「好，我來試試看。」

她看了看周圍，這裡四下無人，她閉起眼睛，感受風，感受聲音，感受山的氣勢。她伸出雙手，掌心對著秦陵的方向，接著呼吸運氣，送出法力，探查這片山的土氣能量。

沒錯，這裡有著極大的力量。

當子湑告訴她，這裡埋著成千上萬的陶俑時，她覺得很難想像，現在親自體驗這地宮的能量，才發現這區域的廣大綿延，才了解這些力量的深不可測。

她持續運氣施法，一一探測這塊土地。這裡是一個結構壯大，富麗堂皇的地宮，內外有兩重城垣，內城跟外城四面都有城門，城裡有完整的門樓建築。裡面的兵俑比子湑描述的數量還要多，這個軍陣比子湑記憶中的還要複雜龐大。

徐靜一邊感受，一邊驚嘆。

她還探查到一些墓坑，像是一個埋葬動物的陪葬坑，這些應該是秦始皇生前豢養的珍禽異獸，死後葬在陵墓裡，讓他的靈魂也可以繼續遊獵享樂。一個是埋葬人的陪葬坑，胡亥繼位後，大開殺戒，把自己的手足都殺害或逼迫自殺，這裡的骨骸想必是秦始皇的子女們。

她繼續在陵的西側找到一個墓坑，跟前面的氣大不相同，她感到屍體掙扎交疊，骨骸破碎殘缺，這裡的土氣充滿怨氣。她猛然領悟到，這是修陵人的墓穴，許多當初參與修陵，製作陶俑的工匠們，都在修陵完成後被殺害滅口，不讓皇陵的祕密洩漏出去。她的祖先幸運存活下來，可是大部分的人都難逃一劫，當時一定非常慘烈。

「怎樣？」子湑看她安靜好一會兒，好奇的問。

「這裡的確有很大的能量，也有很多的怨氣。」徐靜回答。

「你可以拿到這些力量嗎？」

「不確定，我試試看。」

徐靜全神貫注，把剛才送出去探索的法力轉換，變成吸取的力量。她小心翼翼，不敢施展全力。她的法力雖源自於土，但這裡被施予秦朝古老的法力和咒語，加上這些陶俑和慘死者的怨氣，不知道會形成什麼樣的力量。不是世上所有的法力都可以跟自己相融的。

沒有，什麼都沒有。

這個力量穩穩固守在墓裡，沒有半分動靜。就像這座山，這片大地，這個世界，雖然看得到它們的存在，卻無法撼動分毫。

徐靜再試一次，這次更加執著，更加使力，忽然，眼前的大地出現微微的晃動。

「地震！」子淯大喊。

這時震度越來越大，兩人都快站不住腳，腳下的土地也開始劇烈震動，甚至出現裂痕。非常快速的，另一道裂痕從兩人之間穿過，他們還來不及反應，樹枝狀的裂痕往下崩塌，兩人急忙往兩邊跳開。接著附近出現了更多裂縫，高大的樹木，巨大的岩石一一跌進地縫中，土壤像海浪一般，被翻攪起來又落下，把樹木石頭統統淹沒。

7

徐靜放棄吸取大地的能量，雙手再一翻轉，體內的五行氣簇擁著土氣，在身旁畫出一個圓圈，圓圈裡的土地總算穩下來。只是她的法力有限，子湑那頭還在震動。

子湑沒有那麼強的土氣能量，但是他在一旁也沒閒著，他知道，這不是普通的地震，而是來自於陵墓。他凝氣施法，對著陵墓山頂的方向送去，試圖用他的法力抵抗這股力量。子湑滿頭大汗，終於這個地震的強度慢慢減弱，大地開始恢復平靜。

「剛才好可怕！」徐靜還處在驚嚇中，她擅於駕馭土氣，但也沒看過這麼大的力量。只是她還沒喘過氣，子湑臉色一沉，往前一指，「你看！」

剛恢復平靜的土地上，被一層濁黃色的煙霧所覆蓋，從山丘頂向他們蔓延過來，乍看以為是塵土還在飄揚，但是隨著煙霧上升，許多矮小的植物開始枯萎凋落，他們才意識到，是大地在釋放毒氣。

徐靜所在之地比較靠近山頂，她先聞到一股撲鼻的惡臭，頭一暈，差點昏過去，她不敢呼吸，只是在體內運氣，抵住這惡臭。但一個不小心腳下踉蹌，往後倒退好幾步，最後終究還是承受不住，跌倒在地。

子淯急忙奔了過去，只是兩人隔著裂縫，距離遙遠，他還沒趕到，一個人影突然衝出來，拽著徐靜往後猛退。他全身上下黑衣黑褲，臉上蒙著黑布，只露出一雙眼睛還有一對粗濃眉。

「放手！」子淯奔到黑衣人身後，手心對著他的背拍去，他不敢出全力，怕黑衣人傷害徐靜，只希望他爲了自保而將徐靜放下。

「嘿！」黑衣人轉過身，一手抱著徐靜，一手回應子淯的攻勢，「身手不錯嘛！」子淯感到這人身上的法力不弱，但是似乎沒有惡意，不急著猛攻。

兩、三個回合下來，兩人都沒使上全力，誰也沒占上風。黑衣人望著子淯的身後，黃色毒氣蔓延而來的速度越來越快，已經逼了上來。

黑衣人皺著眉頭對子淯說，「先帶她走！」

把徐靜交給子淯後，黑衣人轉過身來，獨自面對黃毒氣。

他瞇著眼，兩道濃眉幾乎連在一起，對著黃毒氣來的方向，張開雙手。他的雙手間生起一道旋風，而且一圈圈像是龍捲風的風勢越來越強，還眞的有了龍頭的形狀。只見龍頭張開大嘴，吹出一道淡藍色的氣。

這股淡藍之氣往前推，迎向濁黃毒氣，兩個顏色互相抗衡，不相上下。

子淯知道黑衣人對他們無惡意，反而是在幫他們。他低頭看徐靜，她臉色有點蒼白，但是意識清楚。

「你還好嗎？」子淯問。

徐靜點點頭，「我沒事，你去幫他。」

子淯正有此意，他一手扶著徐靜，一手也對著黃氣施法。徐靜覺得自己除了有點頭暈外還能應付，於是也出手幫忙。黑衣人跟子淯在空中阻擋黃毒氣，她則是施展土氣，從腳下的大地傳送到山丘，施法與土塚對抗。

在三人的合作下，黃毒氣開始轉弱，最後慢慢散去。

「我們快離開這裡！」黑衣人說，龍頭狀的龍捲風消失在他的手裡。

三人不敢久留，快步離開驪山。

「前面有家客棧，雖然簡陋，但可稍事休息。這位姑娘剛才中毒，可能需要調養，不妨一起前往？」黑衣人建議，話語間透露對這地方很熟悉。

子湑看徐靜意識清楚，還能行動，不過臉色蒼白，眉頭緊皺，便同意一起去客棧。

「多謝，請兄臺帶路。」子湑拱拱手。

他們來到一個小客棧，這裡地處偏遠，想不到也有地方讓人休息，店裡除了店小二沒有別人，食物也不美味，但是對歷劫歸來的三人來說，可以安心坐下來、塡飽肚子，已經是莫大的享受了。

子湑扶著徐靜坐下，徐靜中毒後使力施法，加上一路走來，勉強撐著，此時毒性蔓延全身，她一時承受不住便暈了過去。

「靜兒！」子湑大驚，連忙扶她在一旁坐下，手貼著徐靜的背，用內力幫她運氣。他感到她體內氣息凌亂，眞氣不穩，這毒性很強，恐怕不是一時三刻可以除盡。

過了好一陣子，徐靜才睜開眼睛，可是臉色看起來仍是憔悴痛苦。

「在下略懂醫術，若不介意在下才疏，願意爲姑娘把脈，不知二位意下如何？」黑衣人說。爲了顯示誠意，黑衣人這時拿下面罩，徐靜看他除了眉毛特別濃密外，倒是長得清秀乾淨，講話也是文質彬彬，謙和有禮，跟子淯高大俊朗，誇誇其談的特質很不一樣。

徐靜看了子淯一眼，子淯點點頭。如果此人有意傷害他們，剛才在山丘上就不用出手相救，只是此人是誰？爲何出現在那？還得要弄清楚。

黑衣人坐到徐靜的身旁，右手搭上她的左腕開始把脈。他臉色肅穆，看不出探測結果是好是壞。一會兒後他收回手，看了徐靜一眼，來到她的身後，用手按下她的背，就像剛才子淯那般替她療傷。

「敢問二位，爲何來此？你們的功力不凡，不知道是哪位高人的弟子？尊師如何稱呼？」在幫她運功約一炷香的時間後，黑衣人問道。徐靜臉色的確看來好多了。

子淯感激黑衣人出手相助，不過同時他也有心思。未來他若要一統天下，便需要廣納人才，這人的法力和功夫了得，或許可以爲他所用，但是能力越強越難駕馭，他得小心應對。

「適才若非閣下出手相救，恐怕內子早已遭遇不測，救命大恩沒齒難忘。不知閣下如何稱呼？」子淯沒有直接回答，只是誠意的表示感激，並且把問題巧妙的丟回給對方。

「我姓林，名洪哲。」林洪哲倒是大方回應。他從懷裡掏出一個黃色小盒，打開盒蓋，露出幾個棗子大小，上面有條銀線的藥丸。「夫人中毒不淺，我跟家師學了些粗淺醫術，這是清心丹，可以解毒，護眞氣。」

子洎眼神有點猶豫，可是徐靜居然毫不遲疑的拿起來，放了一顆在嘴裡。

「多謝洪哲師兄賜藥。」徐靜點頭道謝。

「靜兒……」子洎非常驚訝，徐靜只是微笑不語。

原來，當林洪哲幫徐靜把脈時，驚訝的發現她的眞氣法力跟他本質相似，不同的是，他的法力來自陽剛的男道士，徐靜則是來自陰柔的女道士。林洪哲的師父曾告訴過他，祖師父在出海前，有個同門師妹，他從不知道這位祖師姑的事情，想不到卻遇到祖師姑的傳人。

徐靜從林洪哲內力中也發現到這點，兩人的眞氣法力可以相呼應。月升師父曾經提過她有個師兄徐福，想必林洪哲的法力就是源自徐福。之後，他又拿出清心丹，徐靜看過月升服用，她也調製過同樣的丹藥，當然不用多加懷疑，便取了服用。

果然，這清心丹跟她體內的眞氣相輔，她又覺得舒服許多。

「我叫徐靜，這是我夫婿子淯。」徐靜介紹，「我的師父是月升，想必你是徐福的傳人？」

「是的，徐福是我的祖師父，看來按輩分，我要稱你師姑了。」林洪哲恭敬的說。

當時社會輩分和稱呼嚴謹分明，不過徐靜成長的過程中，大半的時間是跟師兄師姐在山上渡過，大家對稱呼很隨意，所以她並不特別在意這些。

「叫我徐靜就可以了。」她擺擺手。

「徐靜。」林洪哲順從的回答，不過看得出他有點不習慣。

「原來兩位師學淵源頗深，」子淯儘量拉關係，「眞是太有緣了，不知道洪哲兄怎麼會來到此地？」

明明自己比人家大千百歲，可是子淯還是表示親暱的用「兄」來稱呼他。

「我奉師命前來尋找一樣東西，」他看兩人露出好奇的眼神，淡淡一笑，「不過尋找什麼，恕在下謹遵師命，無可奉告。」

「那不知洪哲兄可有找到？」子淯不死心的探問。

「沒有。」洪哲回答，「我來這裡半年了，試了各種方法，用盡我的法力，還是不得其門而入。而且這個陵墓範圍廣大，要知道那東西確實所在地點也不容易。今天看兩位到來，本來以爲只是一般遊人，所以隱身未現，沒想到你們在用法力取墓裡的力量，更沒想到的是，陵墓反噬的力量更大，第一次見識到了。」

「是啊，還好你出手相助。」徐靜再次稱謝。

「師父曾說，秦始皇修陵時，請了許多道人施法，還設下很多的機關，就是要確保這陵墓萬年不毀。」林洪哲說。

「難道眞的沒有破解的方法？」子淯問。

「你爲什麼要找破解的方法？你們來此地，也是覬覦裡面的力量嗎？」林洪哲看著子淯的眼神犀利。

「此事本也無可奉告，不過，既然你跟內子有師承淵源，我們也算有緣，那我不妨透露一些。」子淯用一種故作神祕，又刻意拉攏的語氣說，「現今世道不穩，亂象擾民，我們修法之人，應有入世救民的胸懷跟態度，不能置身事外。可是我們夫妻倆的能力有限，聽聞秦王之墓內有無窮的法力，所以特地冒險前來，希望能找到增進自己修習的力量，好替天下蒼生盡心。洪哲兄，你也是習法之人，若你有心可以加入我們，共爲蒼生謀福啊！」

子淯講得慷慨激昂，林洪哲微笑的聽著，並不答話。

「你不是要找東西嗎？如果我們三人聯手，以我們的力量，一定可以想辦法破解的。」子淯不放棄的追問。

「陵墓裡的力量長期埋在土裡，受到地陰之氣的浸潤，子淯兄不宜取用，這力量對蒼生有害，對習法之人也無益。」林洪哲正色說，「我奉勸兩位，不要再嘗試了。」

「那你要找的東西怎麼辦？你花了大半年也沒找著，有我們兩人相助，一定可以成功的。」子淯並不死心，他一向很有耐心。

林洪哲對於他動之以利的誘惑並不理會，「我沒有非占有此物不可，而是世道需此物，有機緣的話，此物必出於世。」

他的話讓子淯更加心動，暗暗猜想會是什麼樣的寶物，「洪哲兄此話差矣，我們學法修習，怎麼能置身事外？若你不嫌棄，告知所尋之物為何？我倆自當幫你尋來。」

林洪哲並不為所動，他站起身來，對著子淯拱手道，「多謝二位好意，在下心領了，師命在身，不宜久留，在此別過，後會有期。」

「洪哲兄請留步……」子滑也站起來，他想著，此人知道他們太多祕密，不能留下來。至少先制伏他，逼他說出在找什麼寶物。

此時，徐靜「啊」的一聲，向後倒去，子滑大驚，連忙轉身將她扶起來。

徐靜雙眼緊閉，臉色慘白，子滑用手抵著徐靜的背，替她運氣，等他抬起頭，林洪哲已經消失蹤影，但是桌上留有一個剛才看到的黃色小盒，桌面刻著幾個字「每兩個時辰一顆，連服三日」。想不到林洪哲動作這麼快，而且悄然無聲，才一眨眼的時間就留藥、刻字、走人。他的能力果然不弱，很可惜沒能留下來當人才。

約莫一刻鐘後，徐靜醒過來。

「現在感覺如何？」子滑把一顆清心丹塞入她的口中。

「好多了，林洪哲呢？」徐靜問。

「他離開了。」子滑說，「很可惜，我本來想留他下來，這人法力高強，可以助我成就大業。我們日後再去找他。」

「看來他志不在此，讓他去吧！」徐靜疲倦的說，「我們也離開這裡，保護這陵墓的力量太大，需要從長計議。」

「是啊，我們差點命喪於此。」子淯也心有餘悸。

兩人在客棧逗留三天，把林洪哲賜予的清心丹吃完，離開驪山，回到濮州，也就是秦國的東郡，闇石降落的地方。

之後的日子兩人努力練功，一起鑽研法力，兩人本來資質就好，加上闇石遺留的力量，還有月升傳授的法力，他們的能力在短時間內進步神速。子淯從之前的每三個月形影分離，現在延到半年才發作，而且發作維持的時間從之前的七天縮短到五天。

那天，子淯教授徐靜分影法的巧妙。

「影子是光線照射下形成的陰暗面，越光亮的地方，形成的陰影越明顯。」子淯說。他站在太陽下，初升的晨陽在他的西側拉出一道長長的影子。

這話讓徐靜若有所思，她不曾從這個角度想過，但是子淯說得有道理，這讓她想到自己的師父月升，她是這麼高傲清冷，就像她的名字——高升的滿月，明亮皎潔，卻也有陰暗的一面。

「我附身在上清師父體內時，他傳授我分影法。你試著把心裡的焦慮、不安、害怕蒐集起來，運氣到腳下，然後再運氣推向影子。」子淯教導徐靜心法。

剛開始，徐靜抓不到竅門，月升師父教她的，都是如何靜心，如何讓心安定下來，可是子淯的心法幾乎是相反的。後來，她去想著母親的早逝，父親的責打，離家的不安，對師父殺意的恐懼……她感到一股寒意。

子淯握著她的手，感覺到她身體裡的變化，「對，就是這樣。把這個念頭繼續增強，然後運氣往下壓！」

她終於抓到這黑暗力量的竅門！徐靜資質高，底子深，很快就成功練會分影法。她可以把部分的眞氣分離到影子上，讓影子也帶有法力。

這天，她拿著爹爹在她三歲時做給她的陶娃，小心翼翼的擦拭。這些年來，她把這個陶娃保存得很好，即使是沒上釉色的臉部，也是一樣光潔。

「你在想什麼？」子淯不知道何時進屋，攬著她輕聲問。

「沒什麼，在想爹爹，他給我做了這個陶娃，轉眼間，這陶娃在我手上也這麼多年了。」徐靜手撫著陶娃。

子淯看著娃娃，表情若有所思。

「你在想什麼？」這次換成徐靜問同樣的問題。

「我在想你練的分影法，」子涓眼睛放出光芒，「或許這個方法可行。」

「什麼意思？」徐靜不解的問。

「我在想，你能不能把你分出來的真氣能力，附在這娃娃上面？」

「這樣有什麼好處？」

「我自然有更深的計畫，但是我們先試試看這個主意能不能成。」子涓說。

徐靜知道他有深意，同意試著練練看。

她握著陶娃，試著把少部分的真氣提出來，慢慢過到娃娃身上。

「怎樣？」子涓問。

「我可以傳到陶娃的身上，但是真氣不會停留在上面，如果陶娃離開我的手心，真氣會回到我體內，而她還是跟之前一樣。」

「嗯，」子涓皺著眉頭，「這樣恐怕不成。」

「我再試試看。」徐靜又試了幾次，結果還是一樣。真氣在陶娃身上繞一圈，但是當子涓把陶娃拿開時，真氣又回到徐靜的體內。

子涓想了想，「當初我的真氣附在師父身上，師父是個血肉之軀，如今陶娃可以接收你的眞氣，眞氣卻不能停留，就差那一步。」

「你的意思是……」徐靜想了想，「或許，我可以滴一些血在陶娃身上，讓她帶著我的血氣，我再同時運氣。」

「你反應很快。」子湑讚許的說，「沒錯，這也是我所想的。」

徐靜拿出小刀，在指尖上一刺，冒出一滴暗紅色的鮮血，她把指尖對準陶娃。

徐靜記得爹爹說過，陶娃臉部露胎的部分沒有釉色的隔絕，可以讓陶器吸收四周精華，讓她更有靈氣。現在徐靜的手指停在陶娃的臉上，她運氣施法，稍微擠壓手指。

一滴，兩滴，三滴……

鮮血一滴上陶娃的臉，馬上滲進去消失不見，直到她滴了五滴後，陶娃的臉上開始顯露粉紅色。

「這樣應該可以吧？」子湑說，不過他也不確定。

徐靜感覺到她跟陶娃之間有種特殊的連結正在發生，陶娃本身的特性，加上徐家先祖傳下來的微薄力量，現在還有徐靜的鮮血、法力……這些讓徐靜跟陶娃產生一種緊密的維繫，有種奇妙的感應在一人一陶之間流轉。

大約一段時間後，徐靜感受到完成了。陶娃的臉色從白變粉紅，轉至深紅，然後又轉回白色，彷彿什麼都沒發生。

「好了。」徐靜收回手。

「再試試分影法。」子淯建議。徐靜點點頭。

她再度運氣施法，用同樣的方式把眞氣傳送到陶娃身上。這次，她感覺手上的眞氣被陶娃吸入，胸口空蕩蕩的，回到當初沒有法力，沒有內力，五歲小女孩的感覺。

「成功了！」徐靜微笑點點頭，不過她馬上跌坐在地上，臉色雪白，「可是我覺得全身無力……」

「因爲你現在軀體沒有眞氣護著，快把眞氣拿回去。」子淯指點。

徐靜施法，馬上將眞氣收回到體內，「沒事了。」

「我的靜兒，你太棒了！」子淯開心的抱起徐靜，「我們多加練習，看看能不能讓你在移出眞氣的情況下，還能維持一點體力，不急，慢慢來。」

兩人互相切磋，彼此鼓勵，在學習法術過程中多有激盪，雙方都進步許多。

這天，徐靜拿著陶娃練氣，她思索著要如何拿出眞氣後，不會馬上就癱倒。子淯走過來，看著她。

「我在想，」他的表情有點古怪，「我們要來練另一種分影法。」

「另一種分影法？」徐靜不懂，怎麼之前都沒聽他提過，「怎麼練？」

「這法術要我們一起練，這次，要你幫陶娃創造出另一個娃娃來作伴。」子淯的嘴角帶著笑意看著她。

「啐，」徐靜笑著臉紅了，推了他一把，「跟你講認真的。」

「我也跟你講認真的。」子淯忽然嚴肅起來，「我這悠長的一生，最盼望的，就是能有子嗣，可是過往在一起的那些女子，都沒能跟我生下一男半女。我想，可能是闇石的力量作祟，它讓我長生不老，因此不能有子嗣。如果你能替我生個孩子該有多好！」

這番話令徐靜心裡五味雜陳，子淯活了千年，生命中一定不少女子來來去去。她知道自己不該吃醋，可是還是忍不住不舒服。想到自己不會跟他一樣長生不老，只是眾多女子中的一名，將來他還是會找另一名女子取代自己，更是不免惆悵傷心起來。不過之前的女子從未給他生兒育女，這點讓她又有了希望，或許，她跟她們不一樣！不，不是或許，是一定，他和子淯注定要在一起，她要感謝月升師父。

「我沒跟你說過這件事，」徐靜頓了一下，「我告訴過你師父傳給我們隱靈法，但是我沒跟你說過細節。這個隱靈法，讓我們每個人一定會有一個孩子。」

「眞的？」子滑似乎不太相信。徐靜道出隱靈法的內容，每個學會隱靈法的弟子，都會有一個孩子，而且會世代相傳下去。

「月升創出來的隱靈法是用來對抗闇石的力量，我不能有子嗣的詛咒將會因你而解除！」子滑瞪大眼睛，好看的眼睛裡閃著光芒，「太好了，我的好靜兒，我就知道是你！你是讓我完成夢想的人！」

一年後，徐靜生下一個男孩，子滑非常開心，取名子堃。方代表國家，他身負秦商兩個王朝的使命，所以有兩個方字；土來自徐靜，她精於土氣的力量將隨著子堃傳下去。

「想不到我有子嗣了！我有後代了！」子滑抱著嬰孩，興奮的狂喊，「靜兒，我的好靜兒，你給我生了兒子！我終於有後了！」

徐靜看著子滑的喜悅，懷孕生產的過程都變得沒那麼痛苦了。

她贏了，不管以前子滑有多少女人，她給了他孩子，她是唯一的正宮。

他們將一起建立新的王朝。

只是，徐靜的喜悅沒維持多久，她收到一樣東西。

8

回到鞏縣數日，這晚子湑還是沒有睡好，徐靜幫他運氣，感覺他虛弱無比。

「子湑，我想到一個法子，」徐靜靈機一動，「每次這樣運氣效果有限。我不是學了分影法，可以把眞氣傳到陶娃上嗎？如果我用同樣的方法，不就可以把眞氣傳給你？」

子湑搖搖頭，「不行，平常我們渡眞氣到對方身上，幫對方療傷，就像是用火爐取暖，我們取火散出來的熱氣，不是直接把火放到對方的身上，所以可以感受到熱氣，卻不會被火焰燙到。可是你在陶娃身上用分影法，是把眞氣放進陶娃裡，就像是把火放在陶娃身上。陶娃沒有生命，不會受傷，但是若把眞氣放在我身上，就像把火放進我身體裡，我會承受不住。而且你失去眞氣，只能維持體力一段時間，不久就會死去。」

「可是你不是說，你當時的眞氣附身在上清師父身上嗎？上清師父怎麼不會承受不住？」徐靜不死心的問。

「當時我身受重傷，眞氣不強，整個眞氣都已經散在肉體之外。上清師父法力高深，眞氣旺盛，要控制並不難。」

徐靜點點頭，現在的情況的確是反過來，她強，子洧弱，如果硬把眞氣給他，反而害了他。

「可是我能怎麼幫你呢？」徐靜擔憂的說。

「法子是人想出來的，我們習法之人，不能拘泥，要隨機應變。」子洧看看四周，「這裡雖然敗壞了，卻是你出生成長的地方，也是你法力的來源，你也在這裡跟月升修習許多時間，或許我們可以從這裡找出什麼。」

徐靜看向四周，到處是破碎的陶罐、灰塵、蜘蛛網，還有亂竄的老鼠，實在看不出有什麼特別的地方，不過子洧的話一向有道理，她決定再四處看看。

「你再多睡會兒，我去弄吃的。」徐靜幫子洧蓋好被子，看他睡下後出了房間。

她先去了窯場，這裡是爹爹工作的地方，爹爹工作時很注重安全跟秩序，嚴格要求工匠們打點裡裡外外，可是現在破敗的陶罐到處隨意堆放，看了不免唏噓感慨。

她走到牆角，這裡之前堆著用布蓋住的陶土，後來爹爹用了這些土做了陶娃和陶俑，送進皇宮，準備給高官將軍們當隨葬俑。

現在這裡堆了一些殘破的陶片、破桌椅、製陶的工具。徐靜走近把桌椅搬開，小心用手挪開陶片，驚訝的發現有一些還不錯的成品被埋在裡面，有一只鸚鵡杯、幾個魚紋碟、一個蝴蝶紋口盤，更多的是破碎的窯柱跟窯柱座，還有三叉支具、四角支具等器具。她正慢慢翻看，忽然腰間感到一股奇怪暖意，她伸手去摸，是從小隨身帶著的陶娃。

她拿出陶娃，這個平常觸手沁涼的陶器，現在居然帶著溫度，她仔細觀看，陶娃小小的臉上，居然泛著淡淡的紅光。

這是怎麼回事？

徐靜放棄尋找陶器，拿著陶娃走到窗邊想看個仔細，可是，手上的陶娃卻馬上恢復正常。

剛才是眼花了嗎？手上的陶娃一點也不熱，臉色一樣是粗陶的白色。

徐靜再度走回到陶片堆中，當她彎腰翻找時，手裡的陶娃又溫暖起來了。

這陶堆裡一定有什麼古怪！

徐靜更認眞的翻找，這時，一個黃綠事物出現在眼前，那是一個陶鴨[1]。徐靜一手拿起來，另一手握著陶娃，陶娃的臉蒙上一層鮮豔的紅光，彷彿有血要滴出來那樣。

看來，陶娃對這個陶鴨有反應！

徐靜仔細看著陶鴨，陶鴨的頭往後轉，口銜著梅花瓣，陶作的梅花連接在鴨尾上，形成杯口，鴨子身上羽毛紋路清楚精細，腹部綴上乳釘紋，鴨身塗上綠釉，梅花則是黃綠兩個釉色相間。她可以感應到，這個陶鴨杯所用的陶土，跟她手上的陶娃來自同一塊。

陶娃覺察到陶鴨杯的存在，因爲他們來自同一塊陶土，都是出自爹爹的手。想到爹爹，徐靜感到一股思念，溫暖的親情充滿胸口，眼眶堆積著淚水。

她手握著陶娃，深呼吸施法，接著她也感應到了，那是來自爹爹的能量，當年他手作這個陶鴨杯時些微的心緒。不是言語，不是具體的訊息，只是爹爹當時一邊辛勤工作，一邊出現的紛亂零散想法。

1注：「三彩鴨銜梅花杯」，藏於河南鞏義博物館。

靜兒不知道過得如何……

這杯口也捏太大了，小點可能好看些……

等會記得叫阿強把火弄小點……

這腿痛眞是折磨人，唉，背也在痛……

阿慈這丫頭不知道有沒有記得把我的鞋子拿去洗一洗……

咳咳……煙太大了，這些工人到底在幹麼！

靜兒在時，火候控制得特別好，這孩子從小就學得快……

她在月升師父那裡一定也學得好……

徐靜的眼淚已經流下來了。她想念爹爹。

在接收這些訊息的同時，徐靜也意識到一件事，這些訊息是隨著一種法力傳過來的，這個法力非常微弱，但是很熟悉，是來自爹爹自己也不知道的法力。這要追溯到徐家的祖先，也就是秦朝時的先人從上清師父那兒學到的法力，如今透過徐靜和陶娃才被引出來。

這個發現可以幫助子淯復原嗎？陶娃把上清師父的法力引出來，那是不是還可以從其他的陶器引出更多的法力？陶娃似乎只對來自同一批陶土的作品有回應，所以也不是此處散落的每個陶器都可以拿來試。雖然，不知道這些被引出的法力能做什麼，而且就算將這裡所有陶器中的法力都引出來，跟千百年前上清師父的法力比起來還是微小的像海裡的一粒沙。但是，徐靜對這個發現還是很興奮，子淯說得對，習法之人不能拘泥，身邊的確很多事物值得她去發掘。

她擦擦眼淚，把這件事告訴子淯。

「想不到，我可以在這裡找到師父當年的法力。」子淯也覺得很神奇，「帶我去看看。」

徐靜扶他起身，兩人慢慢走到窯場，徐靜找張椅子讓子淯坐下，她把陶鴨杯放在子淯的手上，另一手拿著陶娃。

「陶娃的臉……」子淯驚奇的看著。

「沒錯，這陶娃與我日夜相處，我們一起練氣練法，還保留我的真氣，讓她也有自己的靈氣，她跟陶鴨杯當初來自同一塊陶土，所以她能感應到陶鴨杯裡的力量。」徐靜把陶娃也遞給子滑，「你試試看。」

子滑一手握著陶鴨杯，一手握著陶娃，果然，從陶娃身上可以感受到一位長者對女兒的思念，還有一股非常微弱卻熟悉的法力，的確是上清師父的法力！

「你說得沒錯。」子滑點點頭，他看看四周，「你爹爹還有其他的作品嗎？」

「同樣這塊陶土，他當年前後做了很多件，都送進宮裡給皇親高官當隨葬品，這裡好像只剩這件，我再找找看。」

子滑手拿著陶娃跟陶鴨杯想著徐靜的話，若有所思。

徐靜再度走到角落，正準備翻找時，她停住了動作。

「怎麼了？」子滑問。

「有人來了。」徐靜低聲說。

她從大地感覺到能量改變，有人踏進她法力設下的保護圈。

＊＊＊

這天，子堃滿周歲沒多久，徐靜在清理院子，一隻鳥落在她身邊，本來她不在意，但是馬上她就知道不對勁。

喜鵲歪著頭看她，跳上她的手臂。她看到牠腳上的紙條，就像她十二歲那年，看到師父傳給其他師兄姐那樣。

她覺得頭皮發麻，幾年沒有師父和師兄姐的消息，她假裝他們已忘了她。如今這張紙條拿在手裡，覺得分外燙手，提醒她：她的師父永遠都在。

「娘，鳥兒好大。」子堃看著不怕人的鳥，伸手要去摸。

「不要摸。」徐靜猛然一喝，子堃嚇得縮回手，嘴一撇就要哭出來。

「這鳥會啄人，會痛，你進屋叫爹爹過來。」徐靜揉揉子堃的頭，輕聲安慰，把他趕回屋內。

這隻鳥不會啄人，但是牠身上有法術。她不知道月升是不是眞的那麼厲害，子堃一碰到鳥，月升就會知道子堃的存在，但她不能冒險。師父給他們隱靈法，當然是要他們都有後代，但是，如果徒弟的後代是跟想要奪取闇石力量的人所生，她一定不會准許這樣的孩子存在。徐靜知道師父的黑暗面，她一定會毫不猶豫殺了子堃。想到這兒，徐靜忍不住打個冷顫。

「堃兒要我來找你，怎麼回事？」子洎匆匆出現，他看徐靜的臉色慘白，非常擔心。

「堃兒呢？」

「我把他留在屋裡。」子洎說。徐靜聽完放了心，把紙條拿出來。

子洎接過去，輕聲唸出來，「靜兒：六月初三，隱山上一晤。」

「不知道師父找我有什麼事？」徐靜低聲說，聲音微微的顫抖。

「她只找你一人，還是將其他四名徒弟也一起找去？」

徐靜搖搖頭，「不曉得。有什麼差別嗎？」

子洎沉思著。

「我乾脆告訴師父，我身體不適，沒辦法相聚。」徐靜說。

「不，你要去，這是個好機會。」子洎眼睛閃著光芒。

「什麼意思？」

「我們到裡面說。」子洎拉著徐靜到屋後，徐靜知道喜鵲聽不懂人語，得靠紙條傳訊息，不過也佩服子洎的心細。

「我們一起修習練氣，我的形影分離之劫已經從以前三個月發作一次到現在半年發作一次，雖然有進展，但是眞的要完全痊癒就必須拿到完整的闇石力量。現今這世上，唯一知道闇石下落的人就是月升。千百年來，我耐心等待，就是要找一個適當的機會接近她，讓她交出闇石。」

「你要跟我一起去，逼她交出闇石？」徐靜皺著眉頭。

「當然要有技巧，你我兩人加起來的功力，現在應該已經超過她了，但是拼個你死我活是最下策的方式。」子淯看著她，腦筋飛快的轉著，「我不是教你分影法，把眞氣移到陶娃身上嗎？我們一起上隱山，你事先移出眞氣到陶娃上，見到月升時，就說有人攻擊你，你不敵，身受重傷，讓她救你。」

「師父救我時，會消耗眞氣，到時候，我們就出手制伏她。」徐靜說。

「靜兒，你眞聰明。」子淯稱讚她。

「可是，萬一師父不肯救我呢？」徐靜皺著眉頭問。

「你是她的徒弟，肩負傳遞隱靈法的責任，她爲什麼不肯救你？當時柳子夏被我困在廟裡，她不是帶著你們一起去救他嗎？」子淯反問。

徐靜知道他說得有理，師父雖然有黑暗的那一面，但是當她知道子夏遇到困難，她的焦急是眞心的，她的救援是認眞的，更不要說五年來在隱山上與他們朝夕相處，諄諄教導，令徐靜的法力大增，她不能否認這樣的恩情。

想到這裡，一絲莫名的情緒爬上胸口，從她五歲在月光下看到月升的那一天開始，師父就在她生命占了很重要的一部分，即使聚少離多，每年最期盼的，就是那兩個月跟師父的相處。月升個性清冷，但是自己對她的傾慕跟敬佩卻無庸置疑。

直到後來，她知道師父對自己多次起殺機，知道師父並沒有表面上那樣光明正派，讓她非常害怕，但更多的是失望。從最高的崇拜落到最深的失望。

遇到子淯後，自己全心全意待他，將對師父的失望找到另一個寄託。她看過他在形影分離時的痛苦，全身炙熱到軀體無法負荷，只能以影子的型態出現，而她卻不能幫上忙。如果有任何方法可以幫他脫離形影分離之苦，她說什麼也要去試！

只是，她眞的能對師父下手嗎？

她的心思百轉千迴，子淯過來握住她的手，「我知道你念舊情，可是就算不爲我，你也要想想子堃，你能躲你師父多久？月升有一天會發現他的存在，你覺得她會讓堃兒活在這世上嗎？她一定不會饒過他的。」

子洧的話讓徐靜冒了一身冷汗，是的，她五歲時只不過看到月升身體發光，月升就想殺了她，要不是她答應拜月升爲師，早就死了。在這之前，不知道死過多少孩子、多少人。子堃帶著子洧的血統，帶著那個殘存又強大的闇石力量，那個月升千方百計要制伏的力量，她一定不會讓他活下去的。

「對，我們一定要在她發現子堃的存在之前先下手。」子洧彷彿聽見徐靜的心思，「這次是一個好機會。你可以說在去找她的路上遇到有人襲擊，受了重傷，她出手救你之後，會耗盡眞氣，這時你再從陶娃身上取回眞氣，然後出其不意制住月升，逼她交出闇石。我不打算傷她性命，也沒這個必要，只要她告訴我們闇石在哪，她便無性命之憂。」

「好，但是我不知道其他師兄姐會不會也在，若是他們出手阻止怎麼辦？」徐靜問。

「你寫封信讓喜鵲帶回去，看她怎麼說，也順便探探口風。」子洧建議。

徐靜回屋子，拿出紙筆寫下：「師父有命，徒兒必定遵從。敢問師父安好？不知是否會見到其他師兄姐，久未謀面，甚感想念。」

她把紙條繫在鳥的腳上，讓牠飛回師父身邊。

過了兩天，喜鵲才再度出現，同樣腳上繫著寫有師父字跡的紙條。

「師父說她沒事，只是想看看大家修習得如何，」徐靜看著紙條告訴子淯，「看來其他師兄姐也會到。所以她才把日期訂在三個月之後。」

「好，那就照這兩天商討出來的計畫，我們在其他人之前提早到，單獨跟月升碰面。」

他們坐下來，仔細的研究細節，包括哪一天出發、去到隱山後子淯應該在哪裡停留，讓徐靜獨自上山、徐靜得手後如何聯繫子淯，如何一起出手。當然，也模擬了萬一月升不肯救人時應對的方法。

「如果她不肯救你，你就馬上離開，千萬不要獨自涉險，以後還有機會。」子淯細細叮嚀。

兩人整理好行李，帶著子堃先到姊姊家。姊姊家有幾個年齡與子堃相近的表親，子堃不怕生，一下子就跟他們熟悉起來，徐靜這才放心，和子淯前往隱山。

9

他們比月升訂的日期早一個月來到隱山下，也是當初他們兩個相遇的地方。

「這裡距離你們會面的地點夠近，可以讓你發送訊息給我，卻又不至於讓他們察覺我的存在。」子淯說完運氣，手腕一轉，一團灰黑色像是濃霧一樣的東西在手心出現。他將手心按向徐靜的胸口，徐靜感到一陣陰麻，那團濃霧也隨即消失，什麼也看不到，什麼也感覺不到。

這是子淯新創的法力，他用分影法，把一小部分的影子分出來，放到徐靜的體內，徐靜也同時施法運氣，接收這團影子。這影子不帶眞氣，沒有能量，但是可以讓子淯跟徐靜心意相通，在一定的時間距離內都會有效。

「月升若要救你，大約得花五天的時間，這影子的法力足足有餘。」子淯說，「只要你用心冥想，不要分心，就可以把訊息傳給我。」

「好。」徐靜說，「等我靠近師父的住處，再把真氣傳到陶娃裡。」

子淯點頭，「你現在可以在真氣離身後不會馬上無力癱倒，但還是等靠近一點才施法比較妥當。真氣就在你隨身的陶娃上，有什麼不對就取真氣離開。」

「好！」

當徐靜「帶著傷」，「勉強」的走進屋子時，她微微一愣，沒想到張萱已經到了，這跟原來的計畫不一樣，她需要爭取一點時間來思考。

「徐靜！」張萱的語氣驚喜，「你也早到了。」

她看了師父一眼，眼神帶著哀傷，接著她便「暈」了過去。

「啊！」張萱的驚喜換成驚呼，衝了過來，一把扶住徐靜。「徐靜受傷了！」

「我來看看。」師父的語氣也是驚訝不解又擔心。

徐靜眼睛緊閉，可以聽到他們的對話，也感受到師父的手貼在她背後，用真氣探視她的「傷」。

「看來，跟子夏在明華寺遇到的那個力量一樣。」月升低聲說。

這也是她和子涓設計好的。與其創造出一個新的敵人，不如直接搬出子涓。這段時間以來，他們倆一起練眞氣，練分影法，讓徐靜不知不覺間也有子涓的力量，與其讓月升察覺到這點，乾脆讓它僞裝成傷害徐靜的力量。

「師父，我們要救徐靜！」張萱幾乎要喊出來了。

「嗯。我想想。」月升皺著眉頭，她的想法傳進徐靜的腦海裡：

靜兒怎麼受這麼重的傷？全身眞氣幾乎都散去了，看來不馬上用眞氣救她不行。

這個施分影法的人是誰？三番兩次傷我徒弟，是衝著闇石的力量而來嗎？

一定要救徐靜！

但是這一定會耗盡我的眞氣。

要找出這個人的用意，說不定他就是故意要耗我眞氣，我豈可受騙？

但是徐靜無法等我查清楚就會衰竭而死。

徐靜感受到月升心裡的天人交戰，心臟怦怦跳著，不知道師父會做什麼決定。

「師父……」張萱臉上帶著疑惑，不明白師父爲什麼不馬上救徐靜，不過師父一向如此，常常陷入思考，徒弟們只能靜靜等候，不敢多問，但是這次攸關人命，而且還是徐靜的命，他不得不打斷師父的沉思，「不如，我來救她，再請師父從旁指點。」

徐靜聽了大驚，沒想到張萱願意爲她耗損自己的眞氣，心裡有些感動，但是同時又暗叫不妙，他們要制伏的不是張萱，是師父，她正考慮要不要醒來，在月升答應前阻止這樣的安排，但師父的思緒再度傳來：

我豈可讓張萱認爲我對徒弟見死不救？

先前徐靜看到張萱，還擔心計畫受到干擾，現在看來，有張萱在，反而讓月升不能見死不救。

「這不是一般小傷，你用眞氣在旁輔佐就好，」月升搖搖頭，「這次徐靜受了重傷，眞氣潰散，需要一股強而綿延的功力，五天五夜不停的輸入才可救她一命。你雖然比徐靜早幾年拜入師門，可是你們的功力相當，你若草率救人，不用三日，你自己就會先耗盡真氣而死，最後還是救不了徐靜。」

月升的話讓張萱冒出一身冷汗，不過師父沒有積極救人的動作讓他非常焦慮。不僅是他，徐靜也開始不安，她可以讓真氣離身一段時間，但不是永遠。她開始感到虛弱無力，真氣耗竭的模樣已經不需要假裝了，很快的，她連要睜開眼睛都覺得吃力。

如果沒有人出手救她，她就必須去取陶娃上的真氣，她把剩下的那一點精力集中在腰間，等著月升的決定。

「她還沒有決定？」子淯擔心的想法傳來。

「還沒……我快撐不住了……」徐靜連送出自己的想法都感到無力。

這時候，徐靜感覺身子被抬了起來，那是一雙有力的手，是張萱。

「師父，求求你救徐靜。」張萱的語氣幾乎要哭出來。徐靜感到他全身顫抖，似乎真的很害怕自己死去，同時也感到一股真氣慢慢傳入體內，雖然這不能醫治好她，卻能讓她吊住一口氣。

張萱一直對靜兒有好感，難道這兩人有什麼不可告人的曖昧？把我的話當什麼了！

師父聽起來非常的氣憤，徐靜忽然想起來，當初學隱靈法時，師父要他們立誓彼此之間不能有師兄妹以外的情感。當時她年紀小，不懂男女之情，不覺得這規矩有什麼特別，立誓之後就拋到腦後，現在師父的話提醒了她。

她實在很氣憤，師父怎麼可以這樣想？

「你怎麼這麼生氣，你師父說了什麼？」子湑的想法傳來。徐靜想到，子湑可以聽到自己的想法。她趕快鎮定心緒，不能在這時候惹出其他是非。

「沒事，師父還在考慮，我還撐得住。」徐靜儘量平復心情說。

「師父……」張萱哀求，聲音中帶著不解。

「你說，這幾年，跟徐靜什麼關係？」月升的聲音嚴峻。

「什麼關係？弟子不懂……」張萱先是一愣，不過他也是聰明人，馬上反應過來，「師父明鑑！三年前隱山一別，弟子跟徐靜再也沒見面，徒兒謹遵誓言，同門師兄妹不可有私情，弟子也是現在才跟徐靜見到面。」

張萱說得誠懇，但是誰都可以聽出他說這些話背後的乾澀無奈。徐靜暗暗心驚。

「不是師父不近人情，隱靈法要能傳下去，你們各自要有子嗣，如果私相授受，隱靈法就會消失。」師父的語氣變得比較緩和，但還是很冷峻。

「師父的教誨，弟子從未敢忘。」張萱正色說，「懇請師父救治徐靜，好讓隱靈法傳下去。」

張萱的話似乎打動月升的心，「把她帶到我屋內，不要讓任何人靠近。」月升說。

徐靜大喜，趕快把月升的決定告訴子湑。

「太好了，按計畫進行。」子湑說。

徐靜知道那是什麼意思，等月升耗盡眞氣時，就要出手攻擊，反過來制住她。他們就要成功了，子湑再也不用受形影分離之苦，但是她同時也惶恐、不安、內疚，各種複雜的情緒交雜在一起。

張萱把徐靜安置在簡單的木床上，月升扶她坐起來，雙手抵著她的背。

徐靜感到一股眞氣緩緩進入體內，這股氣繞行全身，先打開周圍主要穴道，然後更多的眞氣慢慢進入。

第一天，徐靜可以感覺到師父全心在救治她，她聽不到師父任何的想法。這種救人的方法非常耗費眞氣精力，每十二個時辰就會耗去一半的眞氣，第二天再耗去剩下一半精力的一半，以此類推。需要像月升這樣擁有千年法力的人才能救治像徐靜這樣習法二十年的人。如果兩方能力相當，可能一命換一命，但更可能像月升說的兩人都會死。月升在五天五夜後，雖然不會有生命危險，但是也會耗去非常多的眞氣，子涓跟徐靜就是要等這個時機。

一天一夜過去，月升沛然的眞氣已經耗去一半，她知道自己身體裡的變化，也開始影響她的思維，體力的衰退讓憂慮、不安的想法慢慢滋長。

眞氣消耗太快了！

爲了一個徒弟値得嗎？

不會的，一定不會有事。

撐不住怎麼辦？

這些細碎、不穩定的想法在一天之後慢慢出現，徐靜可以感到師父努力把這些想法驅逐開。她把這件事告訴子湑。

「她想放棄你？」子湑擔心的問。

「沒有，但是每當出現一些紛亂的想法，她便運氣讓它們消失。」徐靜想著。

「好，一有狀況隨時告訴我。」子湑回覆她。

兩天兩夜過去，月升的眞氣只剩四分之一，心裡的不安、焦慮、擔心則是越來越多，大多時候，她的法力可以壓下去，但有時那些負面的想法縈繞不去。

我修習千年的法力，眞的要讓它這樣毀去嗎？

這樣下去我會耗竭而死！

就算不死，也剩半條命。

這樣不行……

第三天，月升持續傳眞氣給徐靜，但是負面的想法越來越多，內心的掙扎也越來越強烈。

不行，不能這樣下去。

不，我的眞氣失去太多，這要多久才能修補回來？

救人最重要，徐靜是我的徒弟，一定要救她。

可是我身負保護闇石的責任，我不能出差錯！

已經兩天半了，再堅持一下就好了。

最後，月升再度壓制心魔，徐靜悄悄的鬆一口氣。

只是這樣的安靜維持不到兩炷香的時間。

不，我的眞氣不能這樣浪費掉。

身爲師父，不能看著弟子受重傷而不顧。

我還有責任在身，不能白白耗去眞氣。

救徐靜，讓隱靈法傳下去也是你的責任！

沒有徐靜，我可以另外找一個弟子傳授隱靈法。

你怎麼可以有這樣的想法？

因爲這才是最實際的想法，最正確的選擇，你身負重任，怎麼可以輕言犧牲？

徐靜怎麼辦？放棄救她，張萱一定不會原諒我。

你是他師父，做事自有主張，何須他的原諒？

如果你怕張萱說三道四，那乾脆把徐靜殺了。就說她受傷太重，熬不過去，你也耗盡眞氣，沒法子了，他不會知道的。

不行，我不能殺徐靜……

難道要留著徐靜半死不活，讓張萱親眼見識你的無情？

不，我不是無情，我是不得已的。

那就對了，你終於明白你有多重要，不能留下半死不活的徐靜，這樣她還是會死，不如給她個痛快，眞正下手傷她的又不是你，你不用自責，你是爲大局設想。

師父想殺我！徐靜冒出一身冷汗，她眞的會下手嗎？之前師父就對她動過殺機，但是都沒有眞的下手，這次她要不是毀了千年的修爲殺了她，就是耗盡千年的眞氣來救她，她會怎麼選？不，這只是一時思緒迷亂，她可以控制得了的，五歲跟師父相遇的情景，師父教她識字教她法力，師父帶她上隱山，在隱山上跟師父和師兄姐朝夕相處的種種記憶一閃而過……然後是恐懼，她知道師父陰暗面的恐懼，知道師父三番兩次動殺機的恐懼。

「徐靜！怎麼回事？你師父要殺你？」子淯焦急狂亂的大喊，「回答我啊！」

徐靜的思緒紛亂如潮水，完全蓋住子淯傳來的想法。

這時候，徐靜背後的手傳出來的能量不對，一股冰冷尖銳的氣鑽入五臟六腑，帶著極大的殺傷力，攻入她的身體。

師父做出決定了！

10

徐靜心裡一寒，她也要做出決定了。想到這，她反而鎮定下來，知道自己應該要怎麼做。

不能坐以待斃。

她迅速從陶娃身上拿回自己的眞氣，讓眞氣貫通全身穴道，抵住月升傳來的力量，然後外推而去。

月升救了徐靜兩天半後改變心性，起了殺意，雖然自己眞氣剩不到三成，要殺徐靜還綽綽有餘，她把傳入徐靜體內幫忙復原的眞氣改成攻勢凌厲的法力，本以爲可以無聲無息殺了她，萬萬沒想到，自己攻入的力量居然被制住，而且還被反震出來。

她的手離開徐靜的背，徐靜手一撐，人從床上躍起，轉過身來，對著月升攻去。

徐靜運氣於手，房裡揚起塵土，她不像其他的師兄姐，隨身帶著武器，地上的塵土就是她的武器，尤其後來跟子消學得分影法，可以把塵土聚集揚起，形成各種事物的影子，飄忽不定，讓人難以對付。

此時她聚集的塵土像一束箭，射向月升。

「原來你受傷是假的！」月升不知道始末，但是她心思一轉，馬上知道徐靜眞氣充沛，沒有受傷。月升抽出拂子，揮向塵箭，塵箭四散而去，灰塵布滿房間。

「你既然對我起了殺意，別怪我無情！」徐靜手再一揮，再度聚起塵土，這次像是一條長腰帶，閃過拂子，對著月升纏繞而去。

月升的拂子打向腰帶，腰帶從中間斷了開來，可是沒有消散，反而變成兩條帶子，繼續攻擊。

月升知道自己的眞氣不足，因此不能一次打散塵帶，她暗暗心驚。她努力提氣，左揮右打，開始感到力不從心。

此時，兩條塵帶被打斷成四條，四條變成八條，最後變成一小節一小節像竹片的影子，上下前後左右朝她攻去。

「徐靜，你所爲何來？」月升厲聲喝道，一邊舞動拂子，努力對抗。

徐靜不答話，因爲她感覺張萱走到門外的腳步，他聽到打鬥跟講話聲，一定會過來察看的。

她動作要快。

徐靜雙手揮動，片片塵土化作無數的塵針射向月升，月升無力擋住所有的塵針，身上好幾處的穴道被射中，「啊」的一聲，身子一斜便摔倒在地，徐靜搶前一步，伸手扣住她的頸子，另一手抓住她的肩，擋在她面前。就在這時候，張萱推開門進來。

他不敢相信眼前所看到的，只見徐靜架著師父，師父一臉慘白，全身微微發抖。

「師父！徐靜！你們……這是怎麼回事？」張萱呆住了。

月升還沒喘過氣來，一時無法開口，徐靜搶先說，「師父用眞氣救我，才第三天，她就起了殺意，要殺我。」

「徐靜，你在說什麼？師父爲什麼要殺你？」張萱無法理解，向前走一步，「你放了師父！」

「你不要過來！她不如你所想，她不願爲我消耗自己的眞氣，臨時改變主意，不僅不肯再救我，還要殺我滅口。」徐靜沉著的說。

張萱並不相信她的話，不過三天前，師父對於救治徐靜一事，似乎有所猶豫，這的確讓他很不解。

想到這裡，他憶起一事，「你不是要五天才能恢復嗎？為什麼三天就沒事了？」

「因爲她根本沒有受傷，」月升冷冷的說，「她練成邪門法力，把眞氣收起來，騙了我們，讓我消耗眞氣救她，我發現後決定動手，可是已經來不及了。」

「哼，你眞以爲我不知道你在想什麼嗎？你在我五歲那年，就想殺了我，對不對？你腦海裡有一堆見不得人的黑暗想法，不如你意的人，你都想殺之而後快，我都聽得一清二楚！」徐靜把這幾年不敢說出口的話，一股腦說了出來。

月升愣住了，嘴巴緊閉。她眞的可以聽到我的想法？不可能……

「怎麼不可能，沒錯，我可以知道你在想什麼！」徐靜對她點點頭。

月升臉色更加慘白，但是她的想法無法控制的流出來。

原來她可以聽到我的想法！

不行，我不能想任何事……

怎麼辦？

我千年的功力……

張萱也要知道這件事了。

如果我恢復功力，張萱和徐靜都要除掉……

「張萱，你要相信我，師父現在知道我可以聽到她的想法，非常害怕慌亂，已經決定一旦恢復眞氣，不只我，連你也要殺了。」

「閉嘴！你胡說！」月升氣得全身發抖。

張萱實在搞不懂，一個是自己敬重的師父，一個是自己心儀卻不能有任何表示的師妹，不知道應該要相信誰。

這時候，又有人靠近，徐靜心裡一喜，是子淯。

「子淯，我把師父制住了！」

「我的好靜兒，做得好！」子淯走進房間，兩眼閃著精光，滿臉喜悅，徐靜上一次看他這麼高興，是她生了子嬰的時候。

「你是誰？」張萱本來要上前阻止，但是他看到師父的神情似乎略爲放鬆，眼神也暗示他先不要有動作，於是並不行動，全身運氣戒備。只是看這男子跟徐靜神情親密，他覺得非常不舒服。

「我娘是帝辛的後代，唯一僅存的命脈，她謹受祖上的訓誨，要回復殷商的大業。母親不忘祖先的遺命，在一次秦始皇出巡時，找到機會接近始皇，懷上孩子，而我就是始皇帝的祕密皇子。」

「我記得你，」月升語氣平緩而悲痛，「我看到你帶領著士兵，屠殺我的親人，屠殺全村的人。」

「不愧是月升師父，法力無邊，我以爲已經把村民老老少少，豬狗貓羊統統燒了，甚至我帶去的士兵也沒留下半個活口，想不到還是被你認出來。」

「你想要做什麼？」月升問。

「你還不明白嗎？我身爲帝辛、秦始皇兩大君主的後代，身上流著他們的血液，回復商秦帝國就是我的使命。而且這不只是說說而已，我燒了上面刻有預言的隕石後，馬上感到一股很強的氣灌進我的身體，讓我不舒服一陣子，後來我找方士幫我練眞氣，才慢慢好轉，想不到竟然換得百病不侵，長生不老的壽命。我知道，這是天意，那顆闇石預言我爹爹的氣數已盡，我的時代要來臨了！」

「不舒服一陣子？以你當時凡人之軀，絕對不能承受闇石巨大的能量，一定逼得你眞氣四散，無法承受吧？」月升的話讓徐靜萬分佩服，想不到師父這麼厲害，可以算出這些事。「你一定花了不少時間恢復。三十年？我算算，應該不止，五十年吧？你後來應該有回去尋找那個被燒毀的闇石，我想那時候，已經改朝換代，劉恆當上第五任漢朝皇帝，成了漢文帝。」

徐靜暗暗心驚。她知道子滑失去眞氣，失去對自己身軀的控制，以致於後來形影分離，他是深深引以爲恥的，這件事子滑只跟她說過，月升這麼直接的看穿他，子滑一定受不了。

果然，徐靜聽到子滑心中的惱怒：「這個臭婆娘，看我怎麼凌虐你到求生不得、求死不能。」

子滑冷笑一聲，瞇起眼睛，邁開大步朝月升走去。張萱本能的擋在子滑跟月升中間，子淯根本不把他放在眼裡，運氣伸手向張萱攻去，本擬一掌重傷了他，再去對付月升，沒想到，他一出手發現體內眞氣少了一大半，心裡大驚，但是情況不容許他細細琢磨怎麼回事，張萱已經向他攻來。

子淯感到撲面一股強勁的力道，不敢輕忽，再度施法迎擊，這時又耗去一大半的眞氣。這是什麼妖術？他感到不解又害怕，張萱雖然不弱，但是絕對無法在兩、三招內令他眞氣大失。不行，得要速戰速決，殺了這兔崽子！他跟徐靜才能順利帶著月升離開。

他快手連下幾個殺招，眼看要傷到張萱，卻瞬間胸口一空，沒了氣力，接著便摔了下去。

張萱人機靈，雖然不知道發生什麼事，但是馬上抓住機會，運氣出手，抓住子淯的手臂，把他拉向自己，另一手掐著他的頸項，扣住脖子上的命脈。

這一切發生得太快了，徐靜沒想到一瞬間，子淯居然被制住了。

「子淯！你怎麼了？」徐靜驚呼，「張萱，你快放了他！」

「這人狂妄自大，野心勃勃，現在又誘騙你背叛師父，你快醒醒，放開師父，我們一起除掉這個惡人。」

「我沒有被騙，子淯是我的夫君，我們有願景，你不會懂的！」徐靜轉向月升，手上再加一成力，「你下了什麼妖法？子淯怎麼了？你快叫張萱放開他！」

「我很久以前就在這裡布下鏡射法，這法力不會傷害我們師徒六人，但是從外面來的人，如果身負法力，又懷有惡念，就會被鏡射法的法力反震自己。法力越大，惡念越多，所受到的反震力越強。是他動了惡念，怪不得他人。」月升冷冷的說。

「子淯，你怎麼樣？」徐靜看他都不說話，著急的心裡問。

「我的眞氣受到很大的損害，開口的話會喪失更多，我恐怕無力再跟你用心意溝通了，我們得快離開……」子淯用心念回答。

「好！那師父怎麼辦？」徐靜問，可是沒有回應了。不僅這樣，她再也沒有聽見師父的想法，看來，師父看到子淯被張萱抓住後，心定了下來，找到控制的方式，不再放任心思遊走。

「徐靜，你把師父放開，師父會原諒你的。」張萱不死心的勸說。

「好，那你也放開子淯，一命換一命。」徐靜衡量情勢，決定先救子淯！

「不行，把子淯殺了，然後把徐靜也殺了！」月升臉上帶著殺氣。

「師父，徐靜是你的徒弟啊，她只是一時被迷惑而已。」張萱很是驚訝。

「我告訴過你，她知道我可以聽到她的想法，不會饒過我的！」徐靜冷哼一聲，「現在你知道她有多黑暗，你也會被滅口。」

「你閉嘴！」月升非常惱怒，「張萱，事實在眼前，徐靜跟子淯一夥，先是爲了闇石的力量對抗爲師，現在又想迷惑你，你也要受騙了嗎？」

張萱琢磨眼下情勢，不知誰說的話是眞的。但如果他殺死子淯，徐靜也會殺了師父，而徐靜也會恨他入骨。

「好，我答應你，我不爲難子淯，你也放開師父，兩敗俱傷沒有好結果。」張萱說話的語氣誠懇。

徐靜知道師兄平日的爲人，他不像鄭涵那樣高傲，不像王冉奇的陰陽怪氣，也不像柳子夏的文謅謅，他個性爽朗說話實在不浮誇，她知道自己可以相信他。

「好，我相信你，我們到屋外去。」徐靜讓張萱帶著子淯出去，自己則架著師父緊隨在後。

「數到三，我們一起放手。」張萱說。徐靜點點頭。

「一，二，三！」張萱說完先放開子滑，接著徐靜也放開月升，奔到子滑身邊扶住他，張萱也扶住了師父。

「子滑我們走。」徐靜抓緊子滑，察覺他眞氣渙散，全身無力，她趕忙輸入一些內力，同時帶著他往山下走。

「徐靜，」張萱叫住她，嘆口氣，「你好自爲之。」

11

徐靜察覺有人踏進她用法力設下的保護圈，她感受泥土上能量的改變，發現來者只有一個人。會是師父嗎？她這麼快就恢復了嗎？子淯仍然重傷未癒，她開始害怕起來。

「你留在這裡，我去看看。」徐靜警覺，馬上起身。

「小心。」子淯低聲說。

徐靜來到屋外，朝來者走去，是張萱！

不是月升，讓她稍微放心。她走向前，看著他冷冷的問，「是師父要你來的嗎？」

「是，師父要我來殺了你們。」張萱看著她，語氣堅定，但是眼睛帶著悲傷。

「張萱，你要相信我，師父不像你想的那樣完美，她有黑暗陰險的一面，我可以聽到她的想法，我可以知道她在想什麼……」徐靜急著說。

「我相信你的話。」張萱低聲說。這讓徐靜有點吃驚，她知道要證明這點不容易，本想得多費一些口舌才能說服他，沒想到他這麼快就相信。

「我學會隱靈法後，在某些程度上，意外得到一些法力跟師父有連結，我想，這是當初師父也沒有預料到的。所以當你告訴我，你可以聽到師父的想法，我知道你也一樣，隱靈法讓你跟師父有想法上的連結。」

徐靜馬上想起當初在隱山上，他們發現受傷小鹿的那天，張萱靠著畫像跟師父溝通，一定就是張萱所說特別的法力。因爲他跟師父容易互通消息，才會比其他弟子更早到達隱山。

「那其他三位師兄姐也是嗎？他們的特別法力是什麼？」徐靜好奇的問。

「我不知道，」張萱搖搖頭，「他們跟你一樣，沒有說出來。」

「張萱，如果你相信我，那你就應該知道師父曾經不只一次想殺了我，她用眞氣救我，才到一半就想殺我，師父不如她外表那樣高潔完美。你爲什麼還要來殺我們？」徐靜質問。

「這是兩回事。她就算人格有缺陷，也是瑕不掩瑜，但闇石的力量不容許有人覬覦，師父使盡畢生精力就是爲了不讓闇石的力量重現天日，你和子淯卻爲了闇石的力量傷害師父，將來肯定會做更多壞事。爲了師父，爲了這世上的安寧，只能將你們除去。」張萱凜然的說。

「那師父呢？她無法完全控制自己身上闇石的力量，她才會是最大的問題。」

「我自有解決的辦法，她已經失去大部分的法力，會去安全的地方調養，但是在那之前，我必須完成她的囑咐，不能讓你們身上闇石的力量壯大，留下來危害世人！」張萱語氣低沉。

「好，那你就把我打死吧！子淯受傷後就離開了，我也不知道他在哪！」徐靜咬牙切齒的說，希望張萱相信她的話，去別處找子淯。

張萱冷哼一聲，手腕一轉便向徐靜抓去。徐靜大驚，沒想到張萱出手這麼快，他不是對她有情意嗎？就算不是，前後也有好幾年師兄妹的情誼啊！難道自己跟子淯成婚，讓他心生妒怨，由愛生恨？

徐靜趕忙運氣，身形一轉，躲去張萱的攻擊，同時兩手一揚，地上的塵土在她的內力眞氣催動下，聚成三柄長劍，朝著張萱刺去。

張萱懷裡掏出畫筆，在空中點了三點，只見三條水流憑空出現，水流涓細，但是蜿蜒不斷，噴著水氣，對著塵劍迎去。

水流跟塵劍來來回回，有攻有守，徐靜越來越心驚，本來她以爲張萱能制住子淯，是因爲子淯受到鏡射法的影響，眞氣大損，才讓張萱得手，但是現在跟他交手，發現張萱比幾年前在山上時的法力精進許多，就算子淯沒有受傷，也不是那麼容易打敗得了他。

塵劍顯得險象環生，有些水氣濺到劍身，塵劍好像被熱火燒熔的鐵一樣，被燒出一個個洞。

徐靜一咬牙，再度運氣，三劍合一，聚成一個巨大的沙球，朝著張萱急射而去，張萱的三條水柱也化成一顆大水球，一沙一水在空中相撞，砰的一聲，消失於無形，徐靜頓時覺得胸口一痛。

這時，張萱忽然身形一晃，不理會徐靜，往窯場方向大步走去，徐靜暗叫不妙，急忙奔到他的面前，擋在窯場跟張萱之間，對著張萱再度攻去。

「你不是說不知道他的下落嗎？怎麼不敢讓我進去？」張萱冷笑，迎接徐靜的攻勢。

徐靜大怒，氣自己不小心，也氣張萱耍心機，揚起塵土，發出更猛烈的攻勢。

張萱不疾不徐，畫筆一揮，一道大水出現，翻滾而來，徐靜築起一道土牆，擋住洪水，水一碰到土牆，不再前進，卻化成千千萬萬的水星子，晶晶亮亮散在空中，要不是在激戰中，徐靜眞會讚嘆好美。這些水星子像是下大雨一般，朝著徐靜落去，徐靜撒著滿天的塵土抵抗，卻還是止不住水星子沾到自己的身上。水星子落在身上，跟雨水落在身上的感覺一樣，溼溼涼涼的，卻涼入每吋皮肉裡，涼進每個關節裡。

張萱的手再一揮，徐靜感到一股涼氣吹向她全身，涼氣鑽進身體裡，把關節裡的水星子凍成冰星子，徐靜的關節也跟著凍結起來，她像一個人形陶偶，定在原地。

這不是什麼高深難解的法力，她只要花一點時間運眞氣，用熱氣將冰星子融化就好，可是這點時間，足夠張萱殺她千百次。

她驚恐的看著張萱走過來，他凝視著自己，眼神帶著愛慕、不捨，跟流連。張萱舉起手觸碰她的臉頰，徐靜全身關節，包括下巴都被定住無法動彈，無法轉頭避開，無法開口講話，只能無助的用喉嚨發出嗚嗚聲抗議。

張萱的手輕撫著她的臉，她覺得噁心想吐，可是她連吐的動作都做不到。她努力的運氣，感到冰星子稍微融化一點，可是她依舊無法動彈。

張萱的手終於離開她，他眼裡的愛戀也迅速撤去，換上的是一股殺意，徐靜心裡一沉，來不及融化冰星子了，他要下手了。他要殺了我。

徐靜眼神恐懼，內息狂亂，呼吸急促。

「放心，我還沒要殺你，我要你看著所愛的人死去。」張萱滿臉嫌惡的說。

不！他要去殺子湑！徐靜絕望無聲的大喊。

只見張萱猛一轉身，往窯場的方向走去。

張萱走進窯場內，一眼就看到坐在椅子上的子湑。他不知道子湑恢復得如何，不敢輕忽，馬上手一揚，送出渾厚的內力。

子湑本來就身受重傷，他聽到屋外的對話，知道張萱要來殺他們，也聽到徐靜跟他打起來，後來卻安靜無聲，正擔心狀況如何，接著又聽到張萱要先來殺他，心裡知道靜兒不敵，大勢已去。

張萱的法力來勢洶洶，子湑完全沒有招架能力，胸口一陣劇痛，連椅子都坐不住，摔落在地。

張萱冷笑一聲走了過去，看到子湑睜大雙眼，狠狠的瞪著他。張萱既得意又厭惡，用腳狠狠的踢他。

「像你這樣的人，不配跟徐靜在一起！」張萱幾乎是用吼的，「徐靜本來是多單純的人，現在竟然會妄想闇石的力量，會欺騙師父，會傷害師父，都是你害的！」

子淯像一個空布袋，躺在地上被張萱踢著出氣，緊閉著嘴，沒有回應，但這更激怒張萱，讓他踢得更用力，每一腳都使上強勁的內力，過了一會兒才停下來喘氣。

「你跟徐靜有沒有孩子？」張萱大聲質問。

子淯知道，如果張萱知道子堃的存在，一定不會放過他。子淯只是繼續瞪著他，一樣不發一語。張萱再用力一踢，子淯翻過身去，這次他注意到子淯手上握著兩個事物。

兩個都是陶器，一件是黃綠陶器，他沒見過，另一件他很熟悉，那是徐靜隨身攜帶的陶娃。

他記得，徐靜剛來隱山時不多話，有一天，她拿著陶娃出來把玩，鄭涵看到嗤之以鼻，不屑這種小孩玩意，王冉奇毫無顧忌的嘲笑徐靜，柳子夏沒多說什麼，搖頭晃腦，馬上做了一首有關陶娃的短詩，只有他去跟徐靜聊聊這個陶娃，徐靜當時跟他講了好多她跟爹爹的事，包括這個她出生的窯場所在地。

他看著子涓緊握著陶娃，心中的妒意更加旺盛，「你不配拿這個東西！我比你更早遇見她！」他說的是陶娃，也是徐靜。

張萱呼吸運氣，雙手高揚，畫筆一揮，一道強勁的水柱磅礡生成，對著子涓翻滾而去。只見子涓被大水包圍，水氣的力量淹沒了他，融化了他，整個人瞬間失去蹤影，只剩下旋渦狀的水勢繼續翻騰，然後蒸發在空中，留下地上的陶鴨杯跟陶娃。

「子涓！不……喔……不……」徐靜這時出現在門邊，子涓被張萱的水氣滅得屍骨不存的一幕全看在眼裡。她絕望的嘶吼。

張萱算準了冰星子被徐靜眞氣融化的時間，刻意要讓她看到這一幕。

徐靜衝進屋來，跪在地上，雙手捧起陶鴨杯跟陶娃，這是子涓死前手裡緊握的兩樣事物。她看到夫君被水淹沒前那一瞬間的眼神，充滿失望、怨恨、壯志未酬的遺憾，還有對她最後的依戀。

「子涓……子涓……」徐靜痛哭失聲，緊抱著陶鴨杯跟陶娃，失去摯愛的悲傷也緊緊圍繞著她。

張萱看她那麼痛苦，心中五味雜陳，又是悲傷，又是得意滿足。他再度舉起手，掀起另一波水勢朝著徐靜而去，徐靜沒有抵抗，讓水勢漩渦環繞著她。

她抬起頭，閉起眼睛，眼淚直流，但是神色安詳。

張萱看著她秀麗的臉龐，在隱山上五年朝夕相處，一起練功的情景浮現腦海，他雙手停在空中，水氣只是繞著徐靜旋轉，卻沒有發動攻勢。

他下不了手。

徐靜等了一會兒，張開眼睛，直直看著張萱，「你殺了我吧！讓我跟子消到另一個世界相會，我一個人獨活又有什麼意思。」

張萱深呼吸，又是憤怒又是震驚，沒想到，徐靜的愛這麼堅決，不僅沒跟他求饒，還願意跟著子消一起死。他雙手用力一揮，翻騰的水瞬間炸開，水花四散，徐靜抱著陶鴨杯和陶娃，卻沒有半滴水沾到身體，她一臉茫然，不知道張萱這是什麼意思。

「你不值得讓我成全你！」張萱幾乎是用吼的，接著他轉過身，大步走向屋外。徐靜可以感覺到他眞的離開了。

徐靜全身虛脫，跪坐在地上，兩眼茫然，一時不知道怎麼辦，她無法接受子消已死。張萱走了，他會再回來嗎？師父呢？他們一定不會放過她，現在怎麼辦？還有子堃，絕對不能讓他們找到他。

想到子堃讓徐靜打起精神，她深呼吸運氣，經歷一場生離死別令她心神俱損，但對兒子的愛讓她堅強起來。她手握著陶娃，再度深呼吸，就在這時候，她聽到從陶娃傳來的聲音，就像之前陶娃可以傳遞陶鴨杯裡的訊息那樣，她感受到一個熟悉微弱的能量。

「靜兒，你聽到了嗎？」

是子淯！怎麼會這樣？

「子淯，你在哪？你沒有死？」徐靜大喜過望，睜大眼睛四處張望，子淯是不是躲在哪裡，偷偷用陶娃跟她對話？

「太好了，你之前太過悲痛，無法靜心運氣，所以聽不到我，現在總算可以了。」子淯嘆口氣繼續說，「我知道張萱這次前來自己在劫難逃，所以孤注一擲，在張萱消滅我那一刹那，把最後剩下的那一點眞氣用分影法分出來，注入你的陶娃。這陶娃跟你日夜練功，陶土本身又有上清師父千年前留下的力量，跟我的眞氣本屬一脈，現在我的命就續在這陶娃中。」

「這太好了，這太好了……」徐靜喜極而泣，她擦擦眼淚，靜下心思考，「可是，你的身軀不在了，之後怎麼辦？你需要找人附身嗎？」

「我也不知道，之前，闇石的力量讓我受傷，但它本意並不是要傷我，所以身軀完整，後來在師父引領下，我的眞氣跟身體合一。可是這次就不同了，張萱有意置我於死地，在他的法力攻擊下，我應該身形俱毀的，還好我在最後將眞氣保存在陶娃上，但是也就顧不得身體了。」子淯口氣帶有無限的惋惜。

「我來想辦法，一定有方法讓你再回來的！」徐靜捧著陶娃激動的說，彷彿人生又充滿希望。她素來是不肯輕言放棄的人，她發誓，一定要勤練法力，找出讓子淯回到人間的方法。

「對了，當時你不是附身在你師父身上嗎？你要不要試試看，附在我的身上？」徐靜提議。

「可以試試看。」子淯同意，「不過你得收斂心緒，確定自己在最好的狀態。」

「好。」徐靜聽他的指示呼吸運氣，讓眞氣穩當的在全身穴道繞行一圈。之前全力奮戰，失敗就縛，經歷子淯死亡的打擊，又發現他藉著陶娃保有一口氣，這些轉變讓她情緒和體力大起大落。

過了一盞茶的時間，徐靜覺得差不多了。她呼吸運氣，手握著陶娃，施法。

她感到一股微弱的能量上升，從她的掌心來到手，然後進入身體，停在丹田。

「不行！」子滑急促的聲音傳來，語氣痛苦淒厲，「你體內的法力跟我的眞氣衝突！我必須離開！」

徐靜大驚，連忙再度施法，把子滑的眞氣再度傳到陶娃上。

「師父傳給我們的隱靈法，就是用來對付闇石的力量，看來你不能附在我身上。」徐靜懊惱的說。

「我先待在陶娃裡好了。目前看來沒問題。」子滑說，語氣中有諸多無奈。

子滑從母親那裡知道自己是秦始皇的子嗣，同時也是商王的後代，從小，他就被教導要找機會奪得皇權。秦始皇看出他雄心勃勃，把他帶進宮裡，讓他學習宮裡規矩，學習當一個皇帝，打算讓他接替皇位，同時也讓子滑跟隨上清師父練眞氣。上清師父發現子滑資質極高，靈巧聰明，又是皇帝的親生兒子，自是全力教導，疼愛有加。

隕石事件發生時，始皇非常憤怒，他派子滑帶軍隊去處理，就是要讓他豎立君威，有自己的擁護者。沒想到他完成任務後就昏迷不醒，令秦始皇非常失望，不再對他用心，只讓上清師父去照顧他，另立太子。子湑非常傷心氣憤，但誰叫他無法承受闇石強大的力量，導致必須附在師父身上，靠著師父修煉眞氣。

上清師父心疼這孩子。他告訴子湑，只要不放棄，潛心修煉，好好駕馭體內的闇石力量，可以讓他眞氣不滅。子湑領悟到，這就是始皇這一生努力想找的長生不老的力量，想不到自己得到了。如果秦始皇當年肯去多看一眼受傷的皇子，肯去了解發生在他身上的事，或許會發現這個巨大力量，也一定會逼上清師父把這個長生不老的力量拿出來給他，這之後的歷史就要改寫了。

在上清師父體內的子湑，看著父王去世，改朝換代，他知道自己有其他人沒有的優勢，只是要有耐心，等到軀體可以承受，就有得到皇權的一天。之後，他的眞氣與軀體會合，雖然形影分離的問題纏住了他，但是他並不氣餒，如今這次跟之前比起來倒退了好多步，連軀體都沒了，可他仍然不放棄，他有徐靜，還有子堃，他們一定會幫他的。

「我的眞氣越來越弱了……我不能再跟你對話了……我將待在陶娃裡慢慢練氣……等你……」子湑傳來微弱的訊息。

「子湑，你安心待在陶娃裡，我施了法，沒有人能對你不利。我一定會想出辦法，讓你重見天日，回到有血有肉的人間。」徐靜輕撫著陶娃。她不再聽到回應，但是她可以感到陶娃裡有子涓特殊的能量，她發誓，一定會找到讓他回來的方法。

12

徐靜來到姊姊家看子峑，見了姊姊一家人後只告訴他們，子淯接到生意，去了外地，幾年後才會回來。姊姊怕他們母子倆孤單，就留他們住了下來。

徐靜每天更勤奮的練功，努力苦思如何讓子淯再度有軀體，而且這次不能再讓他遭受形影分離之苦。同時，她也在揣測，不知道他們離開後，月升師父怎麼樣了？她應該沒有死，如果死了的話，闇石的力量會重現於世。只是她的能力恢復了嗎？是不是應該趁她還沒恢復前去找她？若要幫助子淯，闇石恐怕是最強大，也最直接的力量。可是算算時間，不僅張萱，其他三名師兄姐應該都在師父身邊，她要成功得手的機會渺茫。

這天，姊姊帶著孩子們午睡，她一個人在屋外林子裡練氣。她吸收林子裡的木氣，樹枝上露水的水氣，跟著腳下泥土的土氣一起修習。這時，她感到有人靠近，而且還不只一人，接著張萱、王冉奇、鄭涵、柳子夏，一起出現在她的面前。

「徐靜，別來無恙？」柳子夏淡淡的問。

「你們來做什麼？」徐靜神情戒備，全身運滿眞氣，隨時準備出手。四人互看了一眼，一時並不作聲。

「張萱殺了我夫婿，卻殺不了我，現在你們聯手要來殺我嗎？」想到當時張萱的手段，徐靜仍恨得牙癢癢。

「你欺騙師父，傷害師父，還妄想要得到闇石的力量，你早就罪該萬死。」鄭涵冷冷的說，「張萱豈是殺不了你，他只是念在師兄妹之情，饒你不死。」

「好個師兄妹之情啊！」徐靜想到當時的情景，銳利的眼神不留情的刮在張萱的臉上，恨不得衝上去，把千萬土釘射在他身上。張萱方正的臉上一陣紅一陣白。

「孩子呢？」王冉奇陰惻惻的問。

徐靜心裡大驚，臉上卻不動聲色，還擺出一副疑惑的樣子，「什麼孩子？我不懂。」

「徐靜，師父受傷甚重，無可另覓佳徒，隱靈法須傳下去，但與惡徒之子不可留，吾等盼你另覓佳偶，再得佳子。」柳子夏說。

「哼，原來如此，師父現在沒辦法再傳隱靈法給新的徒弟，所以你們才沒殺了我，說什麼念及師門之誼，全是冠冕堂皇！」徐靜表情輕蔑的說，同時心裡打了個冷顫。他們因爲隱靈法不會殺她，但是勢必會除去她跟子淯的孩子，在隱靈法的限制下，她只能有一個孩子，唯有子淯跟她的孩子沒了，她才能有另一個孩子，另一個沒有子淯血統，沒有子淯闇石力量的孩子。

她暗暗深呼吸，他們怎麼知道她跟子淯有孩子？還是他們猜測的？她可千萬不能說漏了嘴。

「我們沒有孩子，現在子淯也被張萱殺了，你們可以回去了。」徐靜堅定的說。

「汝可有看錯？」柳子夏轉頭問王冉奇。

「你不要那麼老實，她說沒有你就信？」王冉奇不耐煩的瞪他一眼，「我的鏡子顯示有隱靈的孩子在附近，不會有錯！這地方能有多大，找一找一定可以找到。」

看來，這便是王冉奇跟師父特殊的法力連結，他的銅鏡可以顯示附近有隱靈的孩子！但是聽他的語氣，似乎也不是很肯定在哪裡。

徐靜抱著一線希望，正想著要如何搪塞，如何引開他們的注意，往別的方向找去，然後她再找機會把孩子帶走，忽然張萱低聲喊了一聲，「在那！」

大家順著他的眼光看去，一個小男孩，歪歪扭扭的朝著徐靜走去，口中咿咿呀呀的喊著，「咿、咿——娘……」

大夥臉色一震，徐靜也是臉色大變。

男孩看到徐靜，開心的衝過來，撲到徐靜的懷裡。徐靜抱起他，孩子圓滾滾的眼睛好奇的看著每個人。他微微歪著頭，滿足的靠在徐靜胸前，表情天真可愛，還露出一個淺淺微笑，讓人的心都融化了。

「這孽種要除去！」王冉奇陰森表情顯現他沒有被融化的冷漠。

「闇石之力不除，後患無窮啊。」柳子夏臉上略帶溫情，但還是無情的點點頭。

「徐靜，把孩子交給我們。」張萱看著她朗聲說。

柳子夏朝著徐靜往前一步。徐靜把孩子緊緊抱著，往後退一步。

王冉奇走到另一個方向，擋住徐靜的去路。

「等等！」鄭涵忽然喊道，「那是一個孩子耶！你們要幹麼？」

徐靜不可置信的看著她。

「你不要婦人之仁了！」王冉奇不耐煩的說，「別忘了，這孩子是子淯的後代。」

「師父爲何而傷，豈可相忘？」柳子夏臉色沉重，「當年陷我於佛像肚內受困之辱，此仇必報，父罪子償。」

「這孩子天眞可愛，你們下得了手？」鄭涵激動的說，「或許還有其他辦法。」

「你下不了手，就站在旁邊看吧！」張萱手一揚，一道水柱像蛇一樣，朝孩子捲去。

「住手！」鄭涵也有準備，拔下玉簪，玉簪上的鳥喙張開，噴出點點星火，朝著水柱噴去，水柱還沒到孩子身上就蒸發了。

「你不要壞事！」張萱非常惱怒，跟鄭涵打了起來。王冉奇揮動銅鏡，也加入戰局，希望快點阻止鄭涵。

徐靜不敢相信，一向高傲、看不起她的鄭涵居然替她說話，現在還跟兩個師兄打了起來。鄭涵的火氣純厚，幾年下來有一定的功力，徐靜暗自揣測，知道自己跟她獨鬥絕對討不了好，但是現在兩人齊攻，她也占不了上風。

徐靜抱起孩子，想趁他們打起來的這時候轉身跑掉，但是柳子夏馬上攻上來，送出一股渾厚的內力，同時拿出筆在空中揮舞，這些無形的字變成尖銳的字句，一一鑽進徐靜的腦中，令她頭痛欲裂。徐靜知道這法力不可小看，全力運氣對抗，一時無法突破，只好抱著孩子回到林中。

王冉奇看徐靜企圖要逃，向張萱使眼色，兩人猛下幾個重手，終於把鄭涵逼退。王冉奇還對著鄭涵的背一點，打中穴道，讓她不能動彈。

「你乖乖站著，不要壞事。」王冉奇瞪她一眼。

「其實，」柳子夏看看大家，「也非要我們動手不可。」

「什麼意思？」張萱問。

「倘若師妹有悔意，回頭是岸，肯眞心悔過，其爲上策。既然逝者已矣，吾也盼師妹能有新良緣，新子嗣。若師妹同意，可自裁過往孽緣，重新向善，吾等亦不再追究。」

柳子夏文謅謅說半天，大家聽得直冒冷汗，原來他要徐靜殺了自己的孩子。

「徐靜，你自己動手吧！」王冉奇說。

「孩子帶著你的法力，也帶著子淯的法力，他將來會是人間的禍害！」張萱說。

「孽種一除，自可放汝一條生路。」柳子夏說。

鄭涵站在一旁不能動彈，冷傲的臉上帶著複雜的表情。

「不……你們瘋了……不……」徐靜抱著孩子，淚流滿面，「你們已經殺了子湑，孩子是無辜的……」

徐靜了解到兩件事，一是這些人說要替天行道，可是又自詡正義，不願自己的手沾染鮮血。二是他們無法容忍她跟子湑的孩子，一定要置他於死地。唯有這個孩子死了，他們才不會再來爲難她。

子湑，你會了解我的……徐靜一咬牙，下了決定。

「好，我讓你們安心！」徐靜深吸一口氣，用手抹去臉上的淚水，只是淚水又不停湧出來。她親了親懷中的男孩，把他放下。男孩不解，以爲徐靜要跟他玩，笑著又過去要抱她。徐靜手一揮，男孩便坐在地上不能動，開始感到困惑。

張萱手一揮，一道水霧之氣出現，横在他們跟徐靜中間。張萱怕徐靜有什麼詭計，先施法自保。

徐靜沒有理會，只是深深看著孩子最後一眼，然後一手溫柔的蓋著孩子的眼睛，孩子還咯咯的笑著，另一手伸出食指中指，兩指合併，朝著孩子的胸口點去。

孩子的笑聲消失了，咚的一聲，倒在地上。

林子裡一片靜默，徐靜只聽到淚水滑過臉頰，滴到地面的聲音，滴滴答答的，敲得整顆心都在痛。

「我們走吧！」王冉奇解了鄭涵的穴道，首先轉頭離開。張萱、柳子夏、鄭涵也隨後跟上。

徐靜愣愣的看著地上孩子的屍首，一陣子後才注意到身後有人。她連忙起身回頭，是鄭涵。

「你們說過不會再爲難我的！」徐靜擋在孩子的前面，全身運氣。她知道鄭涵不弱，一對一要贏過她不容易，但是沒有其他人相助，她還是有可能打贏的。

鄭涵冷冷的看了一眼孩子，眼神銳利直視徐靜，「他不是你的親生兒子。」

徐靜心裡一緊，但是臉上鎮定，「我不知道你在說什麼，你聽到他喊我娘的。」

「他不是你的親生兒子，」鄭涵哼了一聲，「我也有孩子，我知道那樣深的感情，沒有人可以對自己的親生孩子下手，我都不忍心了，你怎麼可能忍心？」

「是你們，是你們逼我殺了自己的孩子！」徐靜嘶吼，心裡懷著滿腔的怨恨。

「我是來幫你的，但是你必須跟我說實話，王冉奇可以用他的銅鏡感應到有隱靈的孩子，雖然不能確定地點跟長相，但是可以知道在這附近。這個冒牌的孩子衝出來喊你娘，大家自然認定是他，王冉奇當時沒有確認，但是不保證等下他忽然想起來，去看一下他的銅鏡。到時候，他就會發現，這個有隱靈的孩子還活著，他們就會再回來。」鄭涵說。

徐靜差點忘了王冉奇的銅鏡，這麼說來，鄭涵也是冒著危險來跟她說這些的。鄭涵眞的是來幫她？她可不可以相信她？

「你沒有多少時間了，王冉奇不笨，我想得到的，他也想得到，而且他有銅鏡可以幫忙印證！」

「好，我相信你。」徐靜決定下賭注，「沒錯，他是我姊姊最小的孩子，他學著他的兄姐們叫我姨娘，剛在學說話的他，想說的其實是姨娘，他……而我……」

想到這個小外甥，想到剛才發生的事，徐靜又是害怕，又是心痛。

「孩子呢？」鄭涵冷冷的問。

徐靜驚恐的看著她。

「我說過我會幫你的，如果我眞要殺了你的孩子，我就不會一個人來。」

的確，鄭涵一個人要硬搶孩子，勝算絕對比四個人一起出手低得多。

「在姊姊家裡。」徐靜指著林外的屋子，想到姊姊，罪惡感緊緊攫住她的胸口，令她一陣暈眩。

「這孩子你打算怎麼辦？」鄭涵指著地上小小的身軀。

留在現場讓野獸吃掉……就地毀屍滅跡……或者謊稱有人抱走小孩，然後自告奮勇去尋人，遠走他鄉……

這些可以讓她不用面對姊姊，不用承受自己自私的決定，統統在腦海轉過一遍又一遍，可是當她再度望向孩子，死去的臉龐還掛著最後對她信任的微笑，她把孩子抱了起來，親了親他的臉，昂然的朝著林外的屋子走去。

鄭涵看了她一眼，微微點頭，跟在她後面。

鄭涵在門外停步，看著徐靜抱著孩子進屋。她站在屋外，聽到裡面傳來女子的尖叫、哭喊，還有爭執聲、碰撞聲。她耐心等著，這是徐靜要去面對的事。

過了許久，大門再度開啟，徐靜牽著一個小男孩走了出來。她的手臂上滿是血跡。

「沒事，不小心被姊姊砍傷了。」徐靜回應鄭涵好奇的眼光。

鄭涵沒說什麼，以現在徐靜的法力，不要說一介弱女子，就算一百個壯漢都碰不到她一根頭髮。她只能用這樣的方式來讓姊姊發洩，勉強彌補一些愧疚。

鄭涵沒有說什麼，她看著徐靜身邊的孩子，這男孩還小，可是眼神靈活，看得出來很聰明。「他叫什麼名字？」

「子堃。」徐靜回答，「你要怎麼幫我？」

「我要把孩子帶走。」鄭涵簡短的說。

「不行！」徐靜緊緊的抓著子堃。

「那你就等著王冉奇使出銅鏡找到你的孩子吧！」鄭涵冷笑一聲，轉身就走。

「等等，」徐靜攔住她，「你帶他走，他還不是一樣可以找到你？而且你已經有一個孩子了，他會看到你帶著兩個有隱靈的孩子！」

「我當然自有方法。」鄭涵說。

「什麼方法？」

「我不能告訴你。」鄭涵直視她的眼睛，「你得相信我。」

徐靜想起張萱說，他們在學得師父的隱靈法後，曾各自得到另外的法力，可是並沒有讓其他人知道，像她可以聽到師父的想法，鄭涵一定也有特殊的法力。

「你放心，我一定會善待子堃，他會平平安安的長大。」鄭涵表情一樣的冷傲，可是語氣誠懇。

「你爲什麼要這麼做？你不是看不起我嗎？」徐靜直接的問。

「我是看不起你，」鄭涵回答得也直率，「我這樣做，是爲了孩子，不是你。」

徐靜想到鄭涵挺身而出，還跟張萱、王冉奇打起來，現在還冒著自身的危險回來找她，她決定相信她。

「好，你可以帶走他，不過讓我跟他說會兒話。」徐靜要求。

「不能太久。」鄭涵說完稍微退開，讓他們母子告別。

「子堃，上次娘跟你說，爹爹去外地工作了。他一個人很辛苦，娘要過去幫他，你跟這位姨娘走，她會照顧你的。」徐靜摸摸子堃的頭，拿出懷裡的陶鴨杯，在上面施了法，「這是我爹爹，也就是你姥爺留下來的，你收好，怎樣都不可以丟了。我會回來找你的。」

「好……」子堃乖巧的點點頭，把玩著手裡的陶鴨杯。

徐靜吸吸鼻子，不讓淚水流下來，牽著子埅的手來到鄭涵面前，「求你善待他。保住孩子一條命。」

鄭涵牽過子埅的手，把他抱起來，「你放心，我說過，我是爲了孩子這樣做的。」

「還有，這個陶鴨杯是我爹爹做的，我身上也只有這個東西給孩子留念，請讓他一代一代傳下去。」

鄭涵看了一眼陶器，沒有說話，轉過身離開。

從此，徐靜再也沒見到他們。

13

歷史的腳步繼續走下去，唐朝之後，接著是宋朝、元朝、明朝、清朝……一直來到近代。

這天，王政跟胖貴費力的挖著土，一鏟一鏟的，小張則在一旁搓著手，滿臉期待。

王政用力一鏟。咚！一個沉悶的撞擊聲音傳來，三人興奮的對望一眼。

「快了！挖到棺材了。」

小張一個星期前在山上找到這座墳墓，雖然規模不大，但是看起來年代久遠。他最近手氣差，好久沒贏錢，已經兩個月沒交房租，若能盜墓找到什麼千年古物，那就發了。

王政和胖貴也不是做什麼正經生意的人，三個人臭氣相投，常常一起賭博，一起輸錢。這次找他們一起盜墓，三人缺錢，膽子就大了起來，說好找到東西後變賣平分。

「是石棺耶！」胖貴用手敲敲，把上面的土撥開。

「打開看看。」小張拿出工具，三人合力打開棺蓋，用手電筒往裡面照。

「這是什麼鬼啊？」王政失望的罵了一聲。裡面只有一具平躺的枯骨，雙手交握在胸前，衣服都因年代久遠而腐壞，白骨身邊什麼陪葬品都沒有。

「喂，你不要什麼鬼啊鬼的亂叫！」胖貴本來不怕，忽然打了一個哆嗦，彷彿天上那輪明月撒下的不是月光，是一陣陣的陰氣。

「弄個這麼大的石棺，裡面居然什麼值錢的也沒有，呸，比我還寒酸。去陰間當個小氣鬼吧！」王政繼續罵。

只有小張沒有說話，兩眼發直，逕自爬進棺材裡，用手扳開枯骨交握的手指。

「小張，你在幹麼？」胖貴低喊。

小張充耳不聞，從枯骨手上拿出一個陶娃。

「那是什麼？」另外兩個人好奇的湊上去看。

「會不會是唐三彩？」胖貴驚呼。

「唐朝？眞的嗎？那這個娃娃就是千年古董耶！」王政的眼睛亮起來。

「千年?已經千年了?現在是什麼朝代?」小張轉過頭來。

胖貴覺得毛毛的，小張的眼神古怪，好像變了一個人。

「你發什麼神經啊?給鬼附身了是不是?」王政瞪他一眼，不理會他的問題，「把娃娃給我，我明天拿去給古董商鑑定一下，看是不是真是唐朝的東西。」

王政對著小張伸手，小張瞄了他一眼沒有理會，握著陶娃準備爬出墓穴。

王政一股氣上來，「喂，這娃娃我們也有份!」他伸手去扯小張的胳膊，手上卻好像被電到一樣，啊的一聲趕快放手。等他回過神來，小張已經爬出墳墓，往山下走去。

「小張怪怪的，」胖貴臉上露出害怕的神情，「這裡好像……不乾淨。」

「呸，什麼不乾淨，明天再去找他。」王政不甘願的說。

小張帶著陶娃回到家裡。他走進房間關上門，坐在床上拿出懷裡的陶娃，歪著頭仔細端詳。

我出來了。我真的從陶娃的禁錮中出來了。子渭想。

當張萱消滅他，讓他屍首不存之前，他用分影法，把剩下的那點真氣存進陶娃裡，他雖然沒有完全死去，還用最後一絲力量囑咐徐靜要想辦法讓他回來，但他從此被封在陶娃裡不見天日，支撐他的就是徐靜的承諾，徐靜是他唯一可依靠的力量，是他最後的希望。

當棺蓋被打開，陶娃再度與天地之氣相遇，子湑感到自己甦醒，他的眞氣足夠讓他離開陶娃，然後他看到那個叫做小張的男人，決定先附在他的身體裡，跟他回家。

在小張的身體裡，子湑驚訝的發現，原來已經過了一千多年，唐朝早就滅亡了，他透過小張的腦子，了解到很多現今的狀況，原來世道變化得這麼多！

他看著桌上的陶娃，用手撫著它。一千多年過去了，不僅改朝換代，徐靜也早就香消玉殞，剩下棺材裡的那副枯骨。她死了，可是他相信，徐靜一定會留話給他。他想了想，石棺，她用石棺一定有原因，他要去墓地找線索。

第二天，子湑驅使小張再度回到山上的墳墓，他小心的把枯骨移開，果然發現石棺底部密密麻麻刻了字。

致夫子湑：

當你看到這些時，我已經死了，那應該是千年之後了。在你走後，我用盡全力找出讓你可以再度恢復眞氣法力，以及形體的方法。我一直期望在有生之年再見你一面，可是當我越鑽研法力，修習眞氣，越了解到你這次失去形體，要再恢復，得付出非常大的代價。跟你當時第一次遇到闇石力量強注體內所受的傷害相比，這次你先受到師父鏡射法的反擊，眞氣大損之後又受到張萱的殺害，所剩下的那些眞氣勉強待在陶娃裡，我斟酌估算，至少需要上千年的時間才能復元。

我跟著師父修煉眞氣和五行之氣，我最熟悉也最精通的是土氣，所以我決定善用這個力量。我隨身帶著陶娃，用我的土氣日日夜夜助你修復，現在我知道自己的壽命將盡，所以找到這片墓地，造了這個石棺，我會施法讓陶娃繼續吸取土裡的能量，同時保護墓地千年，不讓人破壞，你的眞氣可以安穩的在陶娃中修習千年不受干擾。千年之後，保護墓地的法力慢慢消失，終會有人打開墓穴，讓陶娃重見天日，吸取天地之氣，你就可以擁有足夠的眞氣存於天地間，不受拘禁消散之苦。

墓裡的土氣讓你不至於消散於無形，但是你若要恢復法力，需要更多的能量。在發現陶娃可以與陶鴨杯連結後，我一直對兩者的關係感興趣，之後利用土緊密相連的特性，藉由陶娃找到之前爹爹用同樣的陶土做的隨葬品。這些隨葬品伴隨它們的主人葬在各地，我無法正確找到它們的所在位置，但是透過陶娃與隨葬品的連結，我發覺這些隨葬品在土裡吸收了很多土氣跟冥氣，蘊藏很多的能量，陶娃可以感應到這些隨葬品的力量，這樣就足夠了，我要的就是這些力量。所以我全心修習，從中選了五樣隨葬品，把我的五行力量跟冥氣結合，發展出五個不同的法力，分別傳到這五個隨葬俑裡。我不知道這些俑在哪，但是這些法力將維持千年，千年之後就會出土，之後你只要找到這五個隨葬俑，就可以取出這些能量。

我把土冥氣放在一匹黑色馬中，那是四匹隨葬馬中其中一匹，我知道這些馬當時是一起送到定遠將軍安菩的墓裡。這是唯一爹爹告訴我明確地點的隨葬品。

我把火冥氣放在一對爹爹做的天王俑的其中一個身上，那個天王俑右手高舉武器，左手叉腰。

我把木冥氣放在一個駱駝上，這駱駝上面載著幾個樂人。

我把水冥氣放在一個十二緣紋碗裡。

我把金冥氣放在一隻鎮墓獸中。它是一對的其中一隻，有大耳和獸蹄。

拿到五個冥氣之後，要去找那個陶鴨杯，我讓子堃帶著，陶鴨杯上也有我的法力。不僅如此，你的真氣經過千年修習，離開陶娃後還是得找軀體附身，附身人選很重要。若是尋常人等，恐無法接受你的真氣，二者皆會受傷，不能長久。最上策是找到有我們血統的子嗣，這樣真氣形體才能結合，你的宏圖大業才能展開。這個陶鴨杯中的法力跟之前五個冥氣不同，那是我最中心、最純粹的真氣，它會等待你，引領你，助你融合從隨葬品中取得的這些法力，安全進入後代子嗣身上。

我曾努力去找師父的下落，可惜未果。三年前我遇到柳子夏跟張萱，他們怎麼也不肯說出師父在哪，言談間他們似乎找到可以保護師父，讓她好好修習的地方，我知道柳子夏頗具文采，詩詞歌賦都擅長，五行中木氣最強；張萱畫功好，擅長人物畫，五行中水氣最強，或許你可以從這方向去找。

行筆至此，茲茲念念，盼君得願。

妻　徐靜

子淯看完，內心非常激動，想不到深情的徐靜爲他籌劃一千年後的事，只爲了幫他復生，幫他完成心願。

他再次仔細看過石棺裡的內容，把重要的訊息記下來。

就在這時候，他感到小張內息混亂，他沒辦法控制，知道他現在附身的軀體快要支撐不住。他一離開小張，小張馬上倒在石棺旁，子淯感到真氣不順，一陣子才恢復過來。

想不到小張這麼不濟！不僅不能再用這個軀體，也害他真氣受損！這讓子淯心生警惕，他有很多事要做，要取得五個陶器上的法力，要找到子埅的後代，同時也要設法找到月升的下落。

還好他讓小張隨身帶著陶娃，他先回到陶娃身上，煩惱著怎麼再找下一個人附身，小張死去的地方太偏僻，這下要找人沒那麼容易了。

此時天色漸亮，子淯耐心的等待，直到第二天下午才有人出現，是跟小張一起盜墓的王政。

他一定是覬覦這個唐朝的三彩陶娃才去找小張，看小張不在家就找到這裡來了。

王政發現小張死了非常驚訝，又有點害怕，他不想被當成殺人犯，本來轉身要走了，可是看到小張手裡的陶娃又停下來。唐三彩在拍賣會炙手可熱，先前有個新聞，說有一匹精緻漂亮的三彩馬，在倫敦的拍賣場上賣到五百萬英鎊，創下歷史新高呢！五百萬英鎊！開玩笑，只要有十分之一他此生就吃穿不愁了。這個唐三彩女俑看起來非常完整，釉色漂亮，肯定可以賣個好價錢。

他鼓起勇氣來到小張身旁，掰開他的手，把三彩女俑拿起來，又害怕被不好的東西纏身，飛快離開現場，子滑趁機附在他身上。

子滑來到王政的家，學著了解這個新的年代。從王政的身上，他知道現代人發明了電腦和網路，可以上網搜尋資料。子滑一邊控制王政，一邊又從他的腦海中得到很多現代知識。不管食衣住行都跟以前大大不同，讓他好久才能適應。

然後，他發現不僅可以尋找現在的資料，也可以看到過去的歷史。他看到他出生的朝代——秦朝，最讓他驚訝的是，父王的陵墓居然被挖開了，裡面的俑都出土了。當年他跟徐靜在驪山試圖拿取裡面的力量，差點喪命，遇到林洪哲相助才安全脫身，現在卻任人下去挖掘！看來當初的機關和法力，經過千年後也慢慢消退了，就像徐靜保護陶娃的法力。

他看著網路上出土的兵馬俑、石鎧甲、銅馬車，不知道當年林洪哲在找的寶物是什麼？他後來有找到嗎？

還有唐朝那些上釉的隨葬品，現在叫唐三彩，的確如徐靜所說，不管朝代怎麼更迭，盜墓賊如何猖狂，這些隨葬品都在千年之後才被發現，挖了出來。

想不到唐朝的盛世已不復存在，當年對著大唐皇帝進貢稱臣的番邦，現在都成了平起平坐的國家。這成何體統！子淯在心中立誓，等他恢復法力，拿到闇石的力量，他將重整這個世界的秩序，回到一統江山的局面。

但首先他要先找到這五個隨葬品！徐靜第一個提到的土冥氣在一匹馬上，這匹馬從定遠將軍安菩的墓裡被挖掘出來。他借用王政的手從網路上找到資料，安菩墓出土於一九八一年，果然如徐靜描述，隨葬品中有四匹三彩馬，如今收藏在洛陽博物館。他點開網頁後，電腦螢幕上出現四匹馬，有兩匹白釉馬，一匹紅釉馬，另一匹果然是黑馬。

找到了！

子淯非常興奮，他控制王政轉了幾趟車，來到洛陽博物館。他看著建築物的外觀，淺橘色的外牆居然不是直的，而是斜的，非常現代化，很難想像裡面放著千年古物。倒是旁邊豎著一根白色、高高的，像柱子一樣的東西，上面幾條金龍拱著一顆大金球，勉強看起來有古物的韻味。

他來到入口，遊客排成長龍，他正想著怎麼這麼多人時，一個工作人員走過來對大家說：「前面有安檢，請大家打開包包，配合檢查。」他不曉得安檢是什麼，可是很快的，他從王政的腦海知道，進去博物館前會有人檢查隨身物品。

他沒有帶什麼危險物品，但是他身上有陶娃！這裡是博物館，如果被發現他身上有個貨眞價實的唐三彩，恐怕怎麼解釋也解釋不清。甚至說你私藏國寶，將陶娃沒收，搞不好還會被判罪。他不在乎王政是不是會被關，但是陶娃一定不能落入別人手中。只是這樣一來，他就不能帶陶娃接近三彩陶，不然的話，看陶娃的反應就可以知道是不是找對陶器。

他決定不要輕易冒險，先回家去，把陶娃留在家裡，明天再來。他有耐心，可以慢慢去找哪個是正確的陶器。

14

第二天，他再度來到洛陽博物館。他順利的通過安檢，循著階梯而上，走進大門，屋頂居然有光灑下來。這個博物館占地廣闊，藏品也多，有青銅器，玉器，陶器，瓷器……年分從仰韶文化、夏朝、商朝、唐朝，然後是他不認識的宋、元、明、清。他很想每一樣都看，但是他感到附身的王政開始顯得疲憊，他可不想忽然暴斃死在這裡，他動作要快，直接走到唐三彩館。

然後，他終於看到了。

四匹從安菩墓出土的三彩馬被放在半個人高的平臺上，外面罩著玻璃，上面還打燈，在燈光的照射下，顯得特別氣宇軒昂。

標示「三彩白釉馬」這匹，全身是圓潤光滑的白釉，革帶從前胸連到馬尾，上面有綠色桃子形的裝飾，背上有馬鞍，鞍上披著黃白綠相間的毯子，看起來體態優雅強健。

另一匹白馬標示「三彩貼杏葉飾白釉馬」，這馬全身施以白釉，只有鬃毛跟四蹄上黃釉。白馬眼視前方，昂首挺立，肌肉結實，強健有力。

紅色這匹寫著「三彩綠障泥紅釉馬」，身強體健，頸胸肌肉挺現，是大宛地方的良馬樣式。全身棕紅色，頭頂跟鬃毛施以白釉，革帶上有蟾蜍的垂飾。背上有馬鞍，鞍上披著一條綠色毯子，用來抵擋塵土。

最後是「三彩黑釉馬」，這匹跟前面三匹一樣，體態彪悍強健，頭小，頸粗，尾短上翹，全身是亮得發光的黑釉，頭、背、鬃毛、尾巴跟四蹄則是白色。過去子滑行軍打仗，見過許多名馬，知道這是有名的白蹄烏。革帶上有圓形花紋裝飾，背上有綠色的馬鞍，鞍下面有條黃紅相間的毯子。

這四匹馬是徐靜爹爹做的隨葬品，跟徐靜留給他的陶娃來自同一塊陶土。

徐靜說她把土冥氣存在這個黑釉馬裡，子滑馬上舉起王政的手，手心對著玻璃內的黑釉馬，果然，一股能量緩緩釋出，王政沒練過氣，身體覺得不適應，渾身發抖。子滑趕快接收過去，讓它與自己的眞氣結合，他拿到土冥氣了。

他感受到這土冥氣灌注了徐靜的力量，想到徐靜的用心，子淯心裡一陣溫暖。他成功拿到土冥氣，也一定可以拿到其他四個冥氣，還有陶鴨，他覺得信心滿滿。

這力量跟原來的眞氣會合抵達他的脾，他感覺自己可以藉這股新的力量加強對王政的控制，手腳果然不再發抖，精氣也好了些。看來有了土冥氣，也讓王政更能適應子淯的眞氣。

他回到王政的家，決定先讓這個軀體好好休息，畢竟重新找軀體很麻煩，若是王政發生意外，自己好不容易聚積的眞氣也會受損。

除了徐靜爹爹做的隨葬品外，徐靜也提到關於月升的線索，她說柳子夏擅長文字，張萓擅長畫畫，子淯決定從這兩方面下手。

他上網查張萓的資料，徐靜說，張萓曾經把月升畫下來，透過畫作和月升傳訊，說不定可以在哪張畫裡找到她。但很可惜的，張萓的畫作沒有流傳於世，倒是宋朝時有人臨摹他的《搗練圖》。他仔細看了看畫中的女子，沒有人拿著拂子，也看不出來哪個像月升。

他再去找柳子夏的資料，看他有沒有什麼文章傳世，這方面也沒有令人振奮的資訊，但是他發現柳子夏是柳宗元的高祖，而柳宗元是唐朝有名的詩人，〈江雪〉算是他最膾炙人口的作品。如果能進到詩和畫裡，一定可以找到什麼蛛絲馬跡。只是要怎麼進去？以他現在的法力，還找不到進去的方法，而且他的眞氣一離開王政的軀體，王政便會死去，也對他的眞氣有損。

這條路受到阻礙，子淯只好再把注意力放回隨葬品上。除了黑釉馬，徐靜知道這批唐三彩被送到安菩將軍的墓陪葬外，其他四件徐靜不知道它們被葬在哪，都只簡單描述外型，並沒有明確的所在地。他想了想，決定先從駱駝下手。

唐朝時期，國力大盛，隨著絲路貿易往來頻繁，當時的中原地區跟西域各國都有密切的接觸，駱駝就成了當時東西方交流的重要交通工具。皇親貴族下葬時，也會有大量的駱駝造型唐三彩做隨葬品。

他上網尋找，果然有很多駱駝唐三彩，只是大部分都是仿冒品，他花了一段時間才知道，那些在網路上標價幾百幾千的都是假貨，照片看起來粗製濫造。他不免感嘆，怎麼千年之後工藝美感反而降低了？

不少三彩駱駝背上有馱囊，他費了一番工夫才篩選出兩尊駱駝身上有樂人，一個是中國國家博物館的「三彩釉陶載樂駱駝」，一個是在陝西歷史博物館的「三彩載樂駱駝俑」，兩者最大不同在於駱駝身上的人數。前者是一隻昂首的駱駝，駝峰架著平臺，鋪著一條彩色直條紋的毯子，上面有五個漢胡男子，四人坐著彈奏樂器，一人立著跳舞。後者也是一隻昂首的駱駝，上面的毯子是花色斜格紋，上面有八名漢人，其中七名漢人男子坐著彈樂器，一名女子站立唱歌。

子滑思考了一下，國家博物館的「三彩釉陶載樂駱駝」是唐朝名將鮮于庭誨的墓出土的。鮮于庭誨是唐朝右領軍衛大將軍，徐靜爹爹的作品很多都是送去給高官將軍當隨葬品，像是之前定遠將軍安菩墓出土的黑釉馬。所以他決定先去中國國家博物館看看。

國家博物館在北京，花了好一番工夫才到達。這裡跟之前的洛陽博物館很不同，建築物是灰白色，入口有好多挑高的方形柱子，非常壯觀。這幾天來，子滑已經慢慢習慣現代的建築跟生活型態了，也可以欣賞這些別於秦朝和唐朝的建築物美感。他不得不承認，這些國家級的博物館真的把這些古物保存得非常好。

他根據地圖，找到了這件「三彩釉陶載樂駱駝」。現場比照片看起來更是生動活潑。這些樂人中有漢人，也有眼深鼻高，留著大鬍子的胡人。三彩顏色鮮豔，可以看出製作的精巧。可惜樂人手上的樂器都不在了，只有一個琵琶還抱在其中一個樂師手裡。

中國國家博物館跟洛陽博物館一樣，門禁森嚴，進去會有安檢，他不敢把陶娃帶在身邊，所以不確定徐靜說的駱駝是不是這個，總之試試看就對了。

他像之前那樣舉起手，掌心對著駱駝俑，一股微弱的力量傳來，但是他馬上察覺不對，這不是徐靜的法力，他選錯了駱駝俑！看來，就算不是徐靜爹爹製作的陶俑，這些隨葬俑在土裡千年，也是吸取了許多的冥氣，飽含不同的能量。

他趕忙住手，但是來不及了，王政感到頭痛欲裂，兩手抱著頭，蹲在地上，要不是子滑用眞氣努力控制，王政可能已經躺在地上翻滾哀號了。

「先生，你怎麼了？」他的舉動引起公安過來關切。

「沒事，頭痛……出去透透氣就好。」子滑趕快讓王政站起來離開。

他跌跌撞撞，不小心闖進青銅器展覽區，正要退出另找出口時，被一件事物吸引。

他走到一個青銅器前，忍不住停住腳步，上面標示寫著「婦好鴞尊」。

子滑聽娘親說過，婦好是商王武丁的妻子，也就是他的直系祖先，以前曾經參與多次的戰事，攻克鄰近小國，替武丁立下很多汗馬功勞。除此之外，她本身也是個巫術高強的祭司，主持很多祭天、祭祖的儀式，她的巫術可以直通先祖之靈，與不同世界的事物交流，帶她到不同的境界，得到不同的力量，所以才會攻無不克。娘親曾說，如果他能找到先祖婦好的遺物，必能取得部分的巫術，對成就大業一定有幫助。

想不到，他尋尋覓覓，居然在此找到婦好的鴞尊。這鴞尊跟著婦好的遺體在地下吸收好幾千年的土氣和冥氣，這樣的力量將不可忽視，所謂千載難逢，一點也不誇張。

子滑舉起王政的手，隔著透明的玻璃，掌心對著青銅酒尊，果然，一股能量出來，跟徐靜的力量全然不同，但是完全呼應子滑的力量，子滑這次毫無窒礙的接收，王政也立刻好了許多，總算可以安全離開。

雖然沒有找到對的駱駝俑，卻意外找到先人婦好的鴞尊，得到她的巫術，這是意外的收穫。子滑非常高興，即使經過千年的等待，一切都照著計畫一步步前進，他對未來充滿希望。

15

巫術對子滑是全新的體驗，但另一方面卻又如此熟悉，畢竟他和巫術的主人有著相同的血統。子滑利用王政的軀體呼吸運氣，把巫術跟闇石的能量，連同徐靜給他的法力、土冥氣融合在一起，形成他自己特殊的力量。

他在眞氣的輔助下每天認眞修習，對巫術有更深的了解。高超的巫術在商朝就可以通天達地，與先祖交流，進入不同的幻靈境界。以他從王政腦海學到的現代用語，可以叫做異次元空間。

或許這巫術也可以幫他進去詩境或畫境裡面。

子滑對這個想法感到興奮。他讓王政上網找出柳宗元的〈江雪〉，這是一首五言絕句，很容易記。他運起巫術，跟體內的眞氣融合，接著唸起詩句，想像詩中的景象，想不到眞的讓他進入了詩的意境。他看到四周覆滿靄靄的白雪，江水翻滾，一艘船在上面擺盪，船上有個老翁在釣魚。

子滑在詩境裡沒有形體，比較像一個靈魂，一個意念，老翁並沒有看到他。他四處閒晃，想知道月升會不會在這首〈江雪〉裡。他暗想著，如果當年柳子夏用文字把月升藏起來，當然不會在這首詩裡，但是如果她眞的在文字中，以她的法力應該可以在不同詩裡穿梭。他需要擁有去其他詩境的能力，這樣才能從詩句中尋找描寫五行能量的句子，那可能會是月升落腳修習的地方。

他試著要去其他的詩境，卻發現每首詩之間有護鎖屏，讓每首詩的人、物，只能待在原本的詩裡。他試著打破護鎖屏，可是都不得其門，看來還得再多加強巫術的修習。同時，他繼續尋找徐靜爹爹製作的隨葬品，確定沒有其他的載樂駱駝俑，相隔幾天後，他來到陝西歷史博物館，上次找錯方向，這次應該對了。

陝西歷史博物館氣勢雄偉，斜頂藍色琉璃瓦顯得明亮穩重，正脊上兩端的正吻呈半月彎翹，繁複精緻的程度當然比不上傳統中式的設計，但是跟前面兩個博物館的建築比起來卻更接近中式風格。

他來到唐三彩區，看到了玻璃罩內的「三彩載樂駱駝俑」。駱駝上七名坐著的樂師各拿著不同的樂器，表情豐富，享受著音樂的演奏。站立的女子一手在胸前，一手下垂，陶醉在歌唱的樂趣中。駱駝造型生動，昂然壯碩，張著嘴舌頭上翹的樣子，讓人彷彿可以聽到牠用力的嘶鳴聲，似乎正跟著背上的樂師們互相應和。

子滑端詳著眼前的唐三彩，每個物件都是分別做好再放上去的，做工真的很精細，釉色也上得非常漂亮，鮮豔流暢而不俗氣。

希望這就是徐靜爹爹做的那個！

子滑小心的伸出王政的手，掌心朝向玻璃裡的駱駝俑，感受一股力量傳來。沒錯，是徐靜的法力，木冥氣。木氣屬肝，他感到腹部右下方肝臟的位置有股陰氣流竄過，然後跟體內的其他力量結合，這下他擁有土冥氣跟木冥氣了。他感到一陣欣喜。

既然來到陝西博物館，他特地安排去五十公里外的秦始皇兵馬俑博物館。

他沒預料來參觀的人這麼多，人群擁擠吵鬧，有人拿著小旗子，一群人跟著拿旗子的那人走。他無奈的踱著腳步跟著人群，來到一號坑。

這個長兩百三十公尺，寬六十公尺的坑洞在室內顯得特別巨大。子滑站在坑邊，身旁的人們繞著大坑，隨時用手機照相。圍欄將他與坑洞隔開，這讓他覺得很荒謬。上一次他附身在上清師父身上時，這裡也是很多人，但是那些人都是在坑中，有人挖土，有人立陶俑，只有他跟上清師父以及幾位負責的官吏在坑上監督，威風凜凜，絕對不是現在這樣，被一群什麼也不懂的現代人推擠著，拚命照相。這本是多麼神聖的一項工程啊！關係著一個王朝的榮華跟尊嚴，但現在只是一個販夫走卒都可以進出的展覽場所。

坑內有十道夯土牆，兵俑們坐西面東，整齊排列在九個通道中。這些兵俑有如真人大小，面部表情也各有不同，栩栩如生。子湑看著這些雕像，既熟悉又模糊，當年陶俑剛製作出來時是多麼新穎，多麼精緻，身上的色彩鮮豔亮麗，顯現大秦王朝的威嚴。現在眼前的兵馬俑，讓他無奈的把腦海中的純白、豔紅、亮黑、鮮紫，一一剝除，只剩下整個灰褐的軀體，但身邊每個人卻在讚嘆這些陶俑有多美。子湑再次發誓，要讓大秦風光再度重現，讓現代人知道什麼才是美！

他繼續跟著人潮來到第二號坑、第三號坑，當年美好完整的陶俑，現在躺在坑洞中，破碎且殘缺，就像逝去的大秦。維護陵墓的古老法力在千年之後終究消退，無法保護這些陶俑的完好。

他接著來到陳列廳，館方把陵墓中出土的文物，精緻完整的陶俑展示在這裡。一個將近兩米高的陶俑引起他的興趣。這個陶俑就像之前看到的唐三彩那樣，被立在一個獨立的檯面，四周有透明玻璃罩著，還有鐵架支柱支撐著陶俑。檯面上標示寫著「高級軍吏俑」，也有人稱「將軍俑」。

子滑看著玻璃內的將軍俑，這就是他的模樣啊！不是現在王政的樣子，是當年領父皇之命，帶兵去東郡燒毀閭石的將軍模樣。這個將軍俑體格高大英挺，戴著頭冠，身穿鎧甲，下襬的甲片綴成三角形，前胸後背沒有甲片，但各有三朵花結，代表尊貴的階級。這些都是其他中低階軍吏所沒有的。他閉起眼睛，在腦海中幫將軍上色，內長衣是朱紅色，外長衣是深紫近黑色，長褲是青綠色，褐冠、黑履，甲片是紅褐色，他想像著過往的絢麗美好。

「先生，你站這裡太久了，我們這團很多人等著照相。」一個拿小旗子的女生把他喚回現實。旗子在他的眼下揮舞，差點戳到他。他很想發作，不過還是摸摸鼻子轉身離開。

當年林洪哲要找的東西，不知道是不是還在這裡？他到處看看，沒有特別的感覺，這些東西這麼輕易被人挖出，應該不會是林洪哲要找的東西。那東西可能還沒被挖掘出來，也可能早就離開陵墓了。希望有一天可以找到答案。他暗想。

返家後，子滑更加的努力修習，在土冥氣跟木冥氣的相輔下，巫術的力量更大了。他小心讓這些力量在體內流通融合，然後再度悄悄進入〈江雪〉，在杳無人跡的千山中施展巫術，讓這股力量打通幻靈的境界。

「讓我穿越護鎖屏吧！」子滑低喃。他用娘親教過他的咒語，婦好的巫術，加上自己的法力，陰暗的力量從手中散發，在詩的境界中流轉，慢慢的，他感到每首詩的屏障消失了，終於他可以自由穿梭在每一首詩中。

他在每首描寫月亮的詩中穿梭，在每首描寫女子的句子裡尋找，然而怎麼找都找不到月升。不過他意外發現，詩境裡跟人世間一樣，有正邪抗衡的力量，並由詩魂維持詩境中的和諧，但詩中憂愁、怨恨、不滿等情緒暗暗聚集成一股陰鬱之氣，在詩境裡流竄。

這是他的機會！闇石的力量就是黑暗的力量，如果他能控制這股陰鬱之氣，打敗詩魂，就可以控制詩境。詩歌反映人心，詩詞的感情也刻在人心深處，如果可以控制詩境，對他未來成就大業、掌控人心一定有幫助。

他開始把闇石的力量投注在詩境中的黑氣，讓黑氣的力量日漸壯大，還找到陳陶的

〈隴西行〉，把養大的黑氣聚集成人形，名叫龍兮行。他在詩境裡沒有形體，這個龍兮行就等於是他的替身。然後他找到西王母和詩魂的弱點，終於逼得詩魂失去功力，魂氣四散。

同時他沒有忘記，徐靜除了要他找到五個隨葬品外，還要去找他們的後代。陶鴨杯是線索，但是人海茫茫，怎麼可能一個個去問誰有陶鴨杯？真不知道要如何下手。

現代人喜歡把照片放在網路上讓人瀏覽，連一日三餐吃什麼都可以放，雖然對子涓來說，不能了解這個動作背後的意義，不過這倒也提供了一種可能，說不定有人把傳家的唐三彩古物放在網路上炫耀，畢竟這可是價值連城的古董。

抱著姑且一試的心態，他上網找資料，現存被挖掘出來的陶鴨杯有好幾個，他一個一個慢慢看，仔細比對，想不到真的給他找到了！

他瞪大眼睛看，沒錯，就是它！他很熟悉這個陶鴨杯，當年他瀕死之際，手裡還握著呢！他興奮的點開網址，萬萬沒想到，這個陶鴨杯現在居然在鞏義博物館！

他坐在王政的椅子上，疑惑的看著螢幕。

這陶鴨杯不是應該在子翛的手上，傳給他的後代嗎？怎麼會在博物館？他感到不解。難道徐靜沒有諄諄教誨，要子堃一定要記得自己懷有商朝跟秦朝皇室的血脈，身負恢復王朝的使命？沒有要他把陶鴨杯當傳家寶，一代一代好好保存下來？他以為陶鴨杯會是哪個高官家裡的私藏，或是哪個富商的家裡擺飾，沒想到居然淪落成為博物館的收藏，隨便什麼人都可以進去看，他實在非常失望又氣憤。

雖然徐靜要他完整蒐集五個冥氣再去找陶鴨杯，但是他覺得還是要先去一趟鞏義博物館。

隨著子湑獲得新的法力和巫術，控制王政的力量也變強，讓他不會像小張那樣很快就死了，但是王政畢竟不是習法之人，體內的眞氣不足，子湑也沒有仔細照養他的意思，只是用自己的眞氣吊住他的軀體。這樣濫用之下，軀體很快就承受不住，就算子湑不離開，王政早晚也會死。子湑知道這點，所以必須快點找到自己的後代。

他來到鞏義博物館，這個博物館的外形設計也是中式造型，到目前，他最喜歡這個博物館的外型。他直接來到唐宋三彩展廳，很快就找到陶鴨杯，這物件現在的名稱是「三彩鴨銜梅花杯」。杯內的三釉色還是鮮豔光亮，但隨著年代久遠，鴨子身上的綠釉有些剝落，但是仍然不掩它轉頭口銜梅花瓣的優雅姿態。

沒錯，就是這個陶鴨杯，他死前手裡握著的那個。他仔細看了看。

雖然徐靜交代他先拿到五個冥氣，但他還是想先試試看。

子消伸出右手，掌心對著玻璃，什麼也沒發生。他確認再三，但依然沒有回應，看來眞的要等他拿到完整的法力。只是，到底發生什麼事？爲什麼陶鴨杯在這裡？這下就算他拿到陶鴨杯的法力，還必須另外想法子找到他們的後代了。

16

子淯在詩境裡贏得勝利，他讓詩魂消失，美麗的詩境被破壞，只要再加把勁就可以完全控制詩境，讓人們背不起詩句，對詩失去情感，到時他再趁機侵入，掌控人心。

只是沒想到，忽然殺出一個現代少年柳宗元，找出四散的魂氣，還讓詩魂回來掌控詩境，龍兮行被壓制住，等於他的力量也受到限制，失去對詩境的控制。

他非常的氣憤，可是柳宗元的出現讓他意識到，當初月升收的五名徒弟的後代出現了！從跟他交手的經驗發現，他的力量起源於月升。柳宗元是唐朝詩人柳宗元的後代，也就是徐靜的師兄，柳子夏的後代。當初月升傳授五名徒弟隱靈法，就是要在闇石的力量出現時，喚醒他們體內的法力。現在闇石還沒有出現，所以這些徒弟的法力應該沒有被喚醒，爲什麼柳宗元有特殊能力可以進入詩境？這實在讓人不解。他跟徐靜的後代，也會顯現特殊能力嗎？

除了詩境之外，子湑覺得有必要再去別的地方尋訪。他從王政那得知，除了唐朝的絕句律詩外，宋朝也開展另一個詩文體，後人稱爲宋詞。唐詩和宋詞算是現代人最常接觸的古文，連學校裡的學生都要學習。他覺得需要進去看看。不過在進入宋詞之前，他再次研究另外三個還沒找到的唐三彩。

一個是碗，一個是鎭墓獸，一個是天王俑。

這非常不容易，因爲範圍太廣了，出土的鎭墓獸和天王俑不少，這兩種物件在古代是用來鎭守墓地、保護亡靈。他看著網路上搜尋出來的照片，每個都造型豐富精采，很難看得出哪個是徐靜爹爹的作品。出土的三彩碗更多，他按照徐靜的提示，搜尋十二綠紋碗，結果出現一大堆宋明時期的瓷碗。他重新來過，加上朝代，方向比較正確了，出現了三彩碗。去掉超過半數販售贗品的網站，有的碗是藍綠花瓣紋，有的是黃綠波浪紋，還有綠點碗、黃綠蜂窩條紋碗等。

他花了幾天的時間，一個個慢慢找，直到一個碗映入眼簾。綠白相間的條紋從碗的上沿往內到碗中心，綠白條紋上還有橘黃色滴流狀的釉色裝飾其間，不過照片上不是很完整，不知道是不是眞有十二條綠紋。不知道爲什麼，他對這個碗有特別的感覺，他針對這個碗再尋找其他的網站，終於找到一張照片，這照片的角度是從上而下，正對著碗中心。仔細數一數，果然有十二條綠紋！

應該就是這個！子淯滿懷期盼，尋找這個碗的出處。這碗來自永泰公主的墓。

李仙蕙是唐中宗李顯的第七個女兒，從小聰明端莊，美麗嫻雅，很受中宗寵愛。中宗常常教她念書，喜歡看這小女兒吟詩彈琴。李仙蕙十五歲時，下嫁武承嗣之子，魏王武延基，兩人婚姻和諧。

當時武則天掌政，對於異己一律殺之。一天，永泰公主和丈夫武延基，以及兄長紹王李重潤，聚在一起討論朝廷時事，幾個人對於祖母武則天寵幸張易之、張昌宗兄弟不滿，後來這些議論傳了出去，武則天聽到勃然大怒，不由分說賜三人自縊。

中宗繼位後，對於愛子愛女慘死這事非常傷心，追封李重潤爲懿德太子，李仙蕙爲永泰公主，並將她的墓用陵的制度重新安葬，包括這個碗的三彩隨葬品就是那時候一起入墓的。一般只有皇帝死後的墓地才有資格稱陵，永泰公主墓是中國歷史上唯一列爲陵級的公主墓。

這是史書上關於永泰公主死因的記載。但是一九六〇年永泰公主墓出土時，發現永泰公主的墓誌銘，上面提到她的死因是「珠胎毀月」，意思是永泰公主是懷孕難產而死，並不是史書上所說被武則天逼死的。所以直到現在，永泰公主的死因還是個謎。

不管她是哪種死法，貴爲公主，受皇上寵愛，卻年紀輕輕就辭世，心中不無怨念吧？這碗在墓裡，吸收的千年冥氣，應該非常巨大吧？子淯覺得這應該就是徐靜存放水冥氣的地方。

這碗雖然是出自永泰公主的墓，但是現在保存在陝西歷史博物館。他有點懊惱，之前他才去陝西歷史博物館看「三彩載樂駱駝俑」，居然和這個碗擦肩而過。

他再度驅使王政來到陝西歷史博物館，先找到這個十二綠紋碗，這碗在光線照射下，明亮圓潤，顏色華麗，卻不俗媚，造型簡單高雅而不匠氣。他看著它，還沒有伸手去取，就自然生起一股特殊的感應，這是面對之前兩個陶器所沒有的感覺。

他看著三彩碗，手心對著玻璃框內，一股熟悉的力量傳來。沒錯，是徐靜的水冥氣。他這一陣子，練土冥氣、木冥氣，讓他對徐靜挑選的隨葬品的連結更強了，不像之前那樣用猜的，猜錯了還會傷害自己的眞氣。

他決定在這個博物館隨意走走，還有兩個隨葬品，一個是天王俑，一個是鎮墓獸。陝西歷史博物館內收藏很多精品，說不定運氣好，另外兩個也在這裡。

他找了幾個天王俑，其中兩個就像徐靜的描述，右手高舉，左手叉腰，凸眼高鼻，腳踩著小妖。一個是彩繪俑，上面的釉色斑駁，幾乎都掉光了。還有一個很像徐靜爹爹之前的風格，色彩鮮明，盔甲細節繁複，飾品精緻，頭上還蹲著一隻有翅神獸，兩旁耳朵上方還各有三隻細長的角。

他花了一點時間站在這些展品面前，可是都沒有像之前看到永泰公主三彩碗的那種直接強烈的感受，這些天王俑不是他要的，子滑略略失望。

他又去看館裡的鎮墓獸收藏，最引他注目的是一個西安西郊出土的鎮墓獸，它就像徐靜描述的，有一對大耳朵跟獸蹄，勇猛威武的臉上沒有上釉，淋上多彩釉的身體屈坐著，背上一對綠色大翅膀上有黃色火焰般的裝飾，造型十分奇特，他忍不住在這個陶像前駐足許久。

不過，不管是這個還是其他的鎮墓獸，他都沒有特別的感覺。徐靜爹爹的天王俑跟鎮墓獸不在這裡。

看來得回去多找些資料。之後的日子，子湞忙著在博物館間走動，北京故宮、中國國家博物館、洛陽博物館等，這些地方都有鎮墓獸和天王俑，可惜都不是他要的。子湞並不氣餒，持續密切注意博物館的展覽訊息。

這天，他關注到一則藝文新聞，洛陽博物館跟臺灣故宮舉辦了玉器交流展，聽說是兩岸近幾年來最豐富的展覽。他對玉沒有特別感覺，但是這提醒了他，除了中國的博物館，臺灣故宮也有很多古物珍藏。

他打開電腦，搜尋臺灣故宮裡的唐三彩，第一個出現的是馬球仕女俑。這個隨葬俑可以看出墓室主人的喜好，也可以看出唐朝女性參與社交運動的風氣。他繼續找，仔細交叉比對，終於，他看到天王俑，照片一出來，他就有之前那種特殊的感覺，沒想到他現在體內的力量變得這麼強，他可以確定，這個天王俑就是徐靜存放火冥氣的隨葬品！

這個天王俑，頭戴兜鍪頭盔，臉部沒有施釉，右手高舉，左手叉腰，手中本來的武器不見了。

他看著螢幕照片，非常開心，同時也想，最後一個鎮墓獸會不會也在臺灣故宮？他在故宮網站來來回回搜尋，並沒有結果。臺灣除了故宮，不知道還有什麼博物館？他搜尋了一下，發現還不少，有歷史博物館、臺灣博物館、市立美術館、科學博物館、文化中心等等，都有展覽場所，看得他眼花撩亂。他花了好一會兒功夫仔細看過每個展場的簡介，來回篩選，覺得歷史博物館描述館內的部分文物來自河南博物館，性質比較接近。他重新搜尋，輸入歷史博物館和鎮墓獸。

搜尋結果出現「三彩加藍人面鎮墓獸——國立歷史博物館」。他興奮的點進網頁，把照片放大。這個鎮墓獸端坐在檯子上，色彩鮮豔，凸眼大耳，面目生動猙獰，他可以感覺到一股強烈的連結，這個是徐靜選的那個鎮墓獸沒錯。就是它！想不到最後兩個隨葬俑在臺灣，難怪在中國的博物館怎麼找都找不到。

他興奮的在電腦前走來走去，已經知道最後兩個冥氣在哪裡了，越來越接近目標。要拿齊五個冥氣，肯定要規劃一趟臺灣之行！子湑驅使著王政安排臺灣的行程。

17

幾番波折，他終於來到當時父皇口裡的瀛洲！

秦朝時盛傳，海外有三座仙島——蓬萊、方丈、瀛洲。這些島上高山聳立，鳥語花香，風景宜人，山上住著神仙，每個神仙都身形飄然，清秀俊美，長生不老，因爲他們身上都有不死藥。父皇曾多次命人出海去巡藥，可是送出去的人都葬身大海，沒有回來。上清師父曾告訴他，秦始皇二十八年，宮裡另一個方士徐福上書給皇帝，說海神托夢給他，只要他帶上千名童男童女、穀物、耕具、衣履、藥品，就可以讓他平安渡海抵達瀛洲，跟神仙求得不死藥。上清師父認爲徐福妖言惑眾，不足採信，奏請皇上三思。可是秦始皇一心追求長生不老，便答應徐福的請求。

後來徐福跟其他人一樣一去不回，秦始皇終究沒有得到不死藥。

子滑知道這兩個隨葬品在臺灣後，驚訝的發現，從一些史書的記載來看，臺灣就是當年的瀛洲，雖然至今沒有人能確定徐福的去向，也有人說是另一個海島日本，子滑想到在唐朝時，他跟徐靜遇到林洪哲，他是徐福的徒孫，當時他在秦始皇的陵墓找東西，會不會是徐福留下來的什麼暗示要給他的徒弟，讓他們知道他其實來到瀛洲，也就是現今的臺灣。

這些人，會不會就是那些童男童女的後代？子滑看著臺北街上來來往往的人潮忍不住想著。不過已經不可考了，而且，臺灣的人民跟一般人一樣，有老有少，有男有女，都逃不過生老病死，沒有什麼特別的仙氣，也沒聽說誰有不死藥。

傳說只是傳說，現在最重要的，是先去找天王俑跟鎮墓獸。他看了一下地圖，歷史博物館在市區，離他落腳的地方比較近，他決定先去歷史博物館。只是沒想到，好不容易讓王政弄到證件，來到臺灣，這個博物館居然沒開放。他問了路人，原來正在閉館整建，而且一關就三年。他略爲失望，不過善於等待一直是他能堅持到今天的優點，他沒有放棄，決定先去故宮找天王俑。

故宮座落在山腳，米黃色的外牆，屋頂是綠色的琉璃瓦，顏色協調莊重，非常氣派大方。

他買了票進去，直接找到「三彩天王像」。增長天王原來是佛教的四大天王之一，傳入中國漢化後，變成鎮鬼驅魔的正義代表。在盛唐時造型更是誇張豐富，被塑成天王俑，放在墓室前守衛墓地主人。

故宮的這個天王俑，腳穿雕花精緻的靴子，踩著坐臥的公牛，一身緊身的盔甲，盔甲裝飾精細華麗，跟其他的天王俑一樣，這個天王俑也圓睜凸眼，表情威怒，讓人敬畏。

子淯確定這個就是徐靜爹爹的作品。他伸出手，掌心對著天王俑，徐靜熟悉的力量傳來，他感到火氣溫熱向上的特質，他拿到火冥氣了。火冥氣在體內慢慢遊走，跟著筋脈來到心臟的位置，在眞氣跟另外三個冥氣的配合下，他的力量又更穩定強大了。

土、木、水、火冥氣，他都拿到了，只剩下三彩加藍人面鎮墓獸裡的金冥氣，得要好好想想怎麼去拿。

子淯驅使著王玫，在故宮裡四處閒逛，這裡的古物精品比他想像的還要多，價値極高。他來到國畫展區，這裡有個「古代生活小品」展，其中還有向北京故宮借來的珍藏。一張畫讓他停下腳步。

那是李嵩的《骷髏幻戲圖》。這張畫原本收藏在北京故宮，這次特別來臺灣展出。

這是南宋的作品，子淯當然沒見過。主畫面是一個大骷髏，戴著烏紗帽，手裡操縱一個小的骷髏傀儡，吸引一個地上爬著的小孩，一個婦人伸出兩手跟在後面，大骷髏後面也有一個婦人，袒著胸在餵母奶。

這樣的內容在古畫中並不多見，子淯仔細觀看。坐在地上的大骷髏，眼眶空洞，陰森難測，地上的小骷髏手舞足蹈，卻讓人歡喜不起來，反而有一種詭異恐怖的感覺。

這太對子淯的胃口了！那種陰暗不明的情緒讓他對這張畫特別有連結，他決定試一試。現在有了四個冥氣，可以感到法力更強，他用這四個冥氣，結合巫術，專心注意著畫面，終於，他進入了畫境！

跟之前在詩境一樣，他也沒有形體。畫境跟詩境相似的地方是，畫境裡也有負面的情緒，那些畫壞的筆觸，畫錯的形體，統統變成畫鬼，在畫境裡飄忽，他可以好好拿來利用！上次，他把力量附在龍兮行上，這次他打算用同樣的方式，附身在大骷髏身上。

「我可以收你當徒弟，而且只要你讓我附身，我可以把一些力量給你，讓你到其他的畫境裡面走動。」子淯跟大骷髏說。

「太好了，我一直很想去其他畫裡看看，謝謝師父！」大骷髏開心的說。即使是開心的語氣還是很陰森嚇人。

他附在大骷髏身上，在畫境裡到處遊走。他知道畫境是由畫仙掌管的，但是不清楚畫仙來自哪一張畫，有些畫的正氣很強，他的力量進不去。

他不能在畫境待太久，王政的軀體還站在故宮原畫前面，子滑在現代社會生活了一陣子，知道這個世界的規矩，這樣站著不動會引起注意，甚至被人帶走。他想了想，決定用分影法，把自己一部分的力量放在大骷髏身上，繼續在畫境裡引起混亂，然後眞氣回到王政的軀體。

能進入畫境，子滑對自己的能力更有信心了，下一步計劃進入詞境尋找月升的藏身處，更重要的是，他想找到自己的子嗣。如果柳宗元能進入詩境，代表這些後代的能力有部分復甦，他跟徐靜的後代可能也有這樣特殊的能力，他必須找到這個人，才能附身在他的身上，讓眞氣和完整的軀體結合，這樣他一統大業的理想就可以實現。

只是，這個後代子嗣，不僅擁有他跟徐靜的闇石力量，同時又有月升用來克制闇石力量的隱靈，不知道他會以什麼樣的態度出現？他會跟他的先祖一起統治世界，還是會對抗他？子淯覺得有信心，不管這個後代的想法如何，等他知道子淯的力量，知道他跟子淯結合後可以得到多大的好處，他一定會願意一起攜手合作的。

子淯花了點時間，尋找宋詞，經過幾番推敲，決定是蘇軾的〈江城子〉：

十年生死兩茫茫，不思量，自難忘。千里孤墳，無處話淒涼。縱使相逢應不識，塵滿面，鬢如霜。

夜來幽夢忽還鄉，小軒窗，正梳妝。相顧無言，惟有淚千行。料得年年腸斷處，明月夜，短松岡。

這首詞不是生啊死啊，就是孤墳、淒涼、斷腸，都是悲苦到不行的字句，和他的力量十分相襯。

他像之前那樣進入了詞境，詞境跟詩境一樣，也有正邪兩方，這次他用同樣的手法，把黑暗的力量注入陰氣靈，讓陰暗的勢力變強大，跟正氣靈互相對抗，結果兩邊都震出詞靈體外，分別附身在現實世界的兩個人身上。

子滑非常高興，他的力量果然更大了，他可以藉著陰氣靈，附身在一個中學老師的身上，而正氣靈則是在一個叫儀萱的小孩身上。他知道她，儀萱也跟柳宗元進入過詩境，當時西王母想利用儀萱來控制柳宗元，沒想到這次正氣靈居然附在她身上。這一定不是巧合，她很有可能也是五名弟子的後代之一。只是不知道她是誰的後代？而且非常奇怪的是，他感覺不到她身上的能力來自哪裡，不像之前遇到柳宗元，可以確定他就是柳子夏的後代。

他必須要比正氣靈先找到對方設下的靈物，這次，在他的誘惑下，連柳宗元都來幫他，讓他一下子拿到兩個靈物，眼看就剩下最後一個金靈物了。

只是萬萬沒想到，原來柳宗元使用反間計，跟儀萱一搭一唱騙了他。

最後他還是失敗了。陰氣靈跟正氣靈一起回到〈浣溪沙〉的少女元霜身上，這次事件後，正氣靈獲勝，能量更強，陰氣靈受挫，子滑的力量也大受影響。

另外畫境這邊，他成功的驅使大骷髏抓走畫仙，同時又帶走儀萱，然後他再度來到故宮，進入《骷髏幻戲圖》。儀萱一連進入詩境、詞境、畫境，一定不是普通人物。之前幾次交手，都探不出她是什麼來歷，現在儀萱完全落在自己的手裡，一定要好好的測試一下。

他隨著大骷髏來到李成《晴巒蕭寺圖》，儀萱躺在地上不能動，他把力量附身在大骷髏上，來到儀萱的身邊，食指抵著她的眉心，這次他肯定可以探出她是誰的後代，當然最好的是，她就是子堃的後代。

但他依舊什麼也沒探到。既然儀萱不是他的後代，又一連三次破壞他的計畫，那就不能留下來！

「這個儀萱什麼也不是，把她處理掉。」他命令大骷髏。

「好，讓我把她給宰了！」大骷髏躍躍欲試。

大骷髏走上前，子淯藉著大骷髏的手，對著儀萱胸口按去。本想說儀萱這次死定了，就要除去心中大患，沒想到她躺在地上，卻有一股很大的力量反彈回來，強烈撞擊自己的法力。子淯覺得眞氣受到很大的震盪，要不是底子夠深，就要眞氣潰散了。這時候，曄廷也闖入寺裡，子淯知道在眞氣受損的情況下討不了好，而曄廷拿到五行之氣，能力大增，只能帶著傷退出畫境。

到底誰是他的後代？「三彩鴨銜梅花杯」爲什麼沒有徐靜的力量在裡面？還有，月升在哪？那個儀萱是誰？為什麼可以傷到他？另外兩個月升的徒弟，鄭涵跟王冉奇的後代是不是也會出現？

這些問題困擾著子淯。這些事件感覺各不相干，彷彿又有共同的關聯，只是他現在找不到解方。

歷史博物館沒有開放，不能接近「三彩加藍人面鎮墓獸」也讓他很苦惱。他不能看著網路上隨葬俑的照片就拿到徐靜的冥氣，一定要看到本尊才行。

子淯前後思考，決定先寫一封信給歷史博物館，他手上有陶娃，真正的唐三彩，他可以假意要捐給博物館，館方很可能會跟他碰面，到時候他再找機會附身在跟他碰面的職員身上，就可以進入館內見到鎮墓獸。

同時，他也想找機會靠近柳宗元、顧曄廷，還有莊儀萱。前兩個是柳子夏和張萱的後代，他在詩境跟畫境與這兩人交手過，但是不知道他們在真實世界的能耐。現在不是除掉他們的時候。他仔細推敲，月升可能早就死了，當年徐靜讓她精氣大損，又重傷了她，要恢復不是那麼容易，就算她的徒弟們護著她，恐怕也不是當年法力無邊的月升了。再說，他這段時間在詩、詞、畫境興風作浪，月升都沒有現身，反而是她徒弟的後代出現，這就證明月升已經死了，所以這些有隱靈的孩子們才顯現能力。這樣一來，如果他想要拿到闇石的力量，就不是要費盡心力尋找月升，而是去找五個徒弟的後代。

至於那個儀萱，既然不是他的後代，也不是當年五名徒弟的後代，又處處跟他作對，最先要做的就是殺了她。上次在畫境裡殺她不成，但是在現實生活，他要下手應該就容易多了。

他曾附身在陳老師身上，知道這些孩子們念哪間學校，很輕易就掌握他們的行蹤。

18

「我知道儀萱爲什麼會有法力了！」這天儀萱、宗元和曄廷三人，放學後約在公園見面，宗元先開口說。

「又、來、了……」儀萱長長嘆一口氣，白眼翻得一點也不掩飾。宗元也用力回瞪了一眼。

「你說說看。」曄廷倒是表現得很有氣度。

「我的推測是，」宗元壓低聲音，「五名弟子其中一名娶了小老婆，跟這個小老婆生下第二個孩子……」

「唉唷，這個你上次就猜過了，月升的法力讓每個人只能有一個孩子，我不會是那個庶出的後代啦！」儀萱忍不住打斷他。

「你聽我講完好不好！」宗元更用力的瞪她。

「你繼續說。」曄廷趕快打圓場。

「這個小老婆生了第二個孩子後，弟子發現不對，他應該只有一個孩子啊，這代表有一個不是自己親生的。調查之下，原來大老婆所生的是別人的小孩，弟子當然很不爽，就把大老婆給休了，而且還把第一個小孩給殺了。可是後來又發現，原來小老婆才是眞正出軌的人，第二個小孩才是別人的，是她嫁禍給大老婆。弟子更生氣了，自己受騙，還把親生孩子給殺了，所以就遠走他鄉，認識第三個老婆，另外再生一個孩子，儀萱就是那個第三個老婆的後代。因爲她不是原配的後代，所以她有法力，可是不被認出來。」宗元一臉肯定的說。

「這故事也太複雜了吧，你跟你媽媽看太多嬪妃相鬥的宮廷劇了！」儀萱很受不了的表情。

「你說得很有故事性，不過，即使是這樣，她還是這個弟子的後代，月升的隱靈法是要傳給弟子的下一代，他們和誰生，和第幾個老婆生，應該都沒有影響。」曄廷想了想說。

「或許弟子覺得罪孽深重，所以隱靈法就沒有傳下去？」宗元不死心。

「隱靈法不是弟子自己能決定要不要傳下去的好不好！」儀萱撇撇嘴。

「還是，他們練隱靈法時，旁邊有人偷學，儀萱是那個人的後代？」宗元繼續推論。

「這些人法力高強，怎麼可能隨便讓人偷看偷學而不阻止？」儀萱毫不留情的反駁。

「啊，我知道了。他們在大石頭下練法力，這塊石頭吸收日月精華，同時在這麼多人的法力加持下，修煉成精，變成人類，儀萱就是這大石頭的後代。所以才會腦袋固執，不會變通。」宗元也毫不客氣的頂回去。

回復畫境後，曄廷幫畫仙用法力在畫境裡設下更多的正氣，畫境顯得平和許多。他跟儀萱把宗元找來，告訴他兩人在畫境中的經過，也讓他知道秦朝時，一名道姑月升收了五名徒弟。他們三人中，宗元是柳子夏的後代，曄廷是張萱的後代，儀萱也有某些能力，可以進到詞境，打退大骷髏體內的「師父」，可是她卻不是任何人的後代。這幾天，三人放學後，聚在學校附近的公園交換心得，只是他們不知道，有名男子在他們身後不遠處，偷聽著他們的談話。

宗元對於儀萱在這整件事上的角色一直提出不同的看法，當然都沒辦法得到證實。

另外，他也看著儀萱跟曄廷的互動，兩人默契十足，想法一致，而且儀萱似乎很崇拜曄廷，不像跟他都在鬥嘴。像是他們三個人要約見面，儀萱一定先問曄廷什麼時間地點方便，如果他先講時間地點，她一定會打槍說人太多，沒位置等等。這次約放學後在公園碰面，也是曄廷提議，儀萱贊成，兩票對一票，宗元就沒話說了。他依約先到公園，十分鐘後看到儀萱跟曄廷有說有笑的一起走來，看來他們約好從學校一起過來。他就沒想到這點。

他私下問儀萱，她和曄廷是不是男女朋友？儀萱只是白他一眼，淡淡的頂他：「你問題眞多耶！」他猜不出來是曄廷還沒有表白，還是兩個人只想像這樣若有似無。不過他看儀萱平淡的表情下，似乎有著掩不住的喜悅。

他不太曉得自己的感覺，之前他跟儀萱只是好朋友，見面、拌嘴、談天、說笑，後來兩人一起去詩境，一起設計陰氣靈，從來也沒想太多。但是現在曄廷加入後，曄廷和儀萱走得很近，宗元開始感到自己對儀萱的微妙變化。他希望儀萱當他的女朋友嗎？好像也不是，但是他知道和儀萱之間跟以前不一樣了，那種失落的感覺讓他不知道怎麼跟儀萱說，沒辦法像之前那樣無話不談。他只能繼續維持之前嬉笑怒罵的那種態度，至少儀萱和曄廷不會不讓他跟他們一起相處，有什麼討論都會找他一起，可以看到儀萱自信開心的樣子，他其實很開心。

「我們現在怎麼猜，也無法猜出儀萱如何得到法力，」曄廷說，「我相信總有一天會知道。現在比較重要的，是能不能找到其他弟子的後代。有一個陰邪的力量在詩境、詞境、畫境裡破壞，誰知道他的下一個目標是什麼？如果我們可以找到這些弟子的後代，或許可以一起對付。」

「我也是這樣想，」儀萱點點頭，「只是，要怎麼找？目前都是因爲有狀況發生，像是詩魂被龍兮行打敗，陰氣靈正氣靈反目成仇，畫境被畫鬼控制，所以我們的能力被激發出來，那些弟子的後代現在應該跟我們之前一樣，只是完全沒有過去記憶的普通人。」

「我們現在也還是沒有過去記憶的人好不好！」宗元說。

「唉呀，你不要挑我語病，我是說，至少我們有些法力，也知道會有這些際遇是因爲月升將隱靈法傳給五位徒弟，用來對抗闇石的力量……曄廷，你應該知道我的意思吧！」儀萱轉頭向曄廷。

「我知道你的意思，其他徒弟的後代現在可能還沒有這些特別的際遇，能力還沒有被發掘出來，要找出他們並不容易。」曄廷笑笑說，儀萱也給他一個微笑。

「也有可能他們已經有什麼際遇，法力已經覺醒了，只是不知道我們的狀況，不知道我們在找他們。」宗元繼續說，「而且，你們有沒有想到，月升跟五位徒弟都是唐朝人，這些唐朝人的後代，現在都剛好在臺灣嗎？還是只有我們幾個在臺灣，其他人在大陸？」

宗元的話讓其他兩人沉思，也讓在旁偷聽的子淯沉思起來。

的確，這是巧合嗎？原本在中原土地上的這些人，怎麼都到臺灣來了？是什麼樣的力量引著他們過來？難道月升也來臺灣了？難怪之前怎麼找都找不到她！不管怎樣，如果月升眞的在臺灣，要是他可以控制著她的弟子後代們，就不信月升不現身。

接下來，幾個孩子聊著些學校的事，子淯知道要再找這些人不難，正要離開，忽然聽到「歷史博物館」這幾個字，他停下腳步，揮動雙手，假裝在打太極拳。

「你爲什麼會知道這些展覽啊？」宗元問。

「我外公以前是歷史博物館的館長，退休後自己開了藝廊，後來我爸媽接手一起經營，所以對藝文界的展覽都很熟。」曄廷說。

「所以這次這個展覽在『藝湛』嗎?」儀萱問。

「『藝湛』是什麼?」宗元不解。

「『藝湛』是曄廷爸媽開的藝廊,我去過一次,這間藝廊位在市中心一棟新落成的高級大樓頂樓,視野非常好,可以眺望環繞城市的河流跟山脈,是間漂亮又有質感的藝廊呢!」儀萱說。

宗元點點頭,想不到儀萱已經去過了,他居然不知道!要是從前,連她去了哪家新開的麵包店,隔天上學都會興奮的來跟他分享店裡的蛋黃酥好不好吃。儀萱最喜歡吃蛋黃酥了。上次他在百貨公司麵包店找到的蛋黃酥,儀萱很喜歡,每次他經過都會買兩個,放學後在公園裡一人一個一起吃。像昨天他也買了兩個,原本今天帶來學校要給她一個驚喜,結果曄廷提議放學後約在公園,現在兩個蛋黃酥躺在書包裡,拿出來怪怪的。三個人兩個蛋黃酥,他知道自己沒那麼大方,兩個都給他們;如果他跟儀萱一人一個,儀萱一定跟曄廷合吃,他也不想看到那樣。

「是啊,這次的展覽很特別喔,」曄廷熱心的推薦,打斷宗元的胡思亂想,「我外公是策展人,他邀請了大陸幾間有名的博物館一起,舉辦一個唐三彩特展,因為國立歷史博物館現在正在休館整修，所以就安排在藝湛，這次歷史博物館的鎮館收藏之一『三彩加藍人面鎮墓獸』也會拿出來展覽喔！」

子淯聽到這裡，面不改色繼續在公園走動，但是心裡振奮不已。天助我也！今天早上他出門前，剛好收到歷史博物館的訊息，說他們目前在休館，負責這方面事務的相關人員出國考察，等他們回來一定會轉達子淯的意思，總之是讓他碰了個軟釘子。現在知道這個鎮墓獸要公開展覽令他爲之一振，拿到金冥氣才是重點，他根本不在乎是不是可以見到館方人員。

「你們看！」曄廷用手機搜尋，找到鎮墓獸的照片。

「哇！好酷喔！」宗元忍不住讚嘆，鎮墓獸的造型比電玩裡的怪獸還生動特別。

「面目猙獰，好威武的樣子啊！」儀萱說。他們看到照片上，一隻四蹄的怪獸坐在檯面上，胸前有漂亮的紋飾，除了一般唐三彩常看到的紅、黃、綠三色外，這件鎮墓獸的身上還有藍色的釉彩。它的臉部沒有釉色，瞪著凸出的大眼睛，鼻孔撐開，兩個不成比例的大耳朵像喇叭一樣的向外張開，額頭上方有三隻像是鹿角的東西，鹿角的後方有一支支像是火焰，還是細樹枝一般的造型，讓它看起來更高大威猛。

「這長長的東西是什麼？」宗元指著螢幕上，鎮墓獸後方的一樣東西。

曄廷搔搔頭，「小時候外公有帶我去看過這個鎮墓獸，不過我也忘了，好像是劍。」

「是劍沒錯，我查到了！」儀萱動作很快，已經上網搜尋到了。

「我看看……」宗元湊過來看。

三個人看著手機裡的照片跟資料，還沒講到展覽的消息，子湞在一旁耐心的等待。他能活到今天，靠的就是耐心跟毅力，這點時間真的是微不足道。

「除了這個三彩加藍人面鎮墓獸外，還有什麼特別的展品？」儀萱問。上次跟曄廷去了一趟故宮，進出畫境，還去看了《清明上河圖》，她對古畫古物也開始感興趣，像這個鎮墓獸就很吸引她。

「詳情我也不是很清楚，都是我外公跟爸媽在處理，好像有個公主的碗滿特別的，還有馬匹、駱駝、人俑，你想去看嗎？我媽說我可以邀請朋友去。」曄廷一臉期待的看著儀萱。

「真的嗎？可以嗎？我要去。」儀萱一張臉都亮起來，宗元有點落寞，不過努力讓自己的嘴角也上揚。

「宗元也可以去嗎？」儀萱馬上接著問。完全沒有遲疑勉強，宗元覺得自己的嘴角上揚得更自然了。

對儀萱來說，宗元跟她同班，又認識得早，本來很多時候就會一起行動，像之前一起去以丞的生日會那樣。之後一起進入詩境、詞境，現在又發現宗元跟曄廷都是五名弟子的後代，三個人就像是共同體，一起行動是很理所當然的。

「當然可以啊！」曄廷也馬上開朗的說好。

對曄廷來說，他一開始就知道儀萱跟宗元是好朋友，兩人形影不離，本來他以為他們是男女朋友，只好默默在一旁欣賞儀萱，看著她在臺上發光。之後他覺得兩人似乎只是一般朋友，他們的互動雖然開心頻繁，但是少了親密跟默契。後來他進入畫境，沒想到，這個際遇讓他跟儀萱多了一分連結，他大著膽子畫了一張儀萱的畫像給她，之後兩人越走越近，默契也越來越好。既然宗元是儀萱的好朋友，那他也要把宗元當好朋友，當初也是他先提議把宗元找來，告訴他畫仙的事，三人一起想辦法尋找其他弟子的後代。

宗元聽到曄廷的回應鬆一口氣，但是又忽然覺得，曄廷一點都不遲疑，不吃醋，表現得落落大方，是不是根本不把他當成對手，不把他放在眼裡？

「喂！」儀萱搥他一拳，「曄廷問你想不想去看唐三彩展覽，你發什麼呆啊？」

「會痛耶！」平常的他一定故意這樣大喊，然後也一拳打回去，不過今天曄廷在，他不能示弱！

「喔，沒事，我只是在想……在想……這些唐三彩啊，從唐朝到現在，經過這麼多個朝代，好幾百年過去，還流傳下來，應該都是皇室貴族收藏的寶貝吧？保存得這麼好，眞不簡單。」宗元覺得自己要對這些唐三彩表達看法才不會顯得膚淺。

儀萱瞇著眼，宗元的反應跟平常不太一樣，居然一本正經的樣子，她有點疑惑的看著他。

「你知道，現在看到的唐三彩，在歷史文獻上其實都沒有被記載過，都是從墓裡挖出來的，也就是隨葬品。清朝末年在修築隴海鐵路時，挖到唐朝的古墓才發現。好笑的是，華人忌諱墓地挖出來的東西，說不吉利，沒人當一回事，後來有外國人發現當成寶貝，拿到國際市場拍賣，唐三彩才大放光彩，身價翻倍。」曄廷笑著說。

宗元一陣尷尬，他想表示一點意見，結果還是曄廷知道的比較多。他自卑的覺得，曄廷表面上溫和的笑容其實在嘲笑他。

「可是你剛才不是說有公主的碗嗎？我也以爲這些是皇家收藏呢！」儀萱問。

宗元感激的看著她。

「喔，對不起，我沒說清楚，那個碗是永泰公主墓出土的。」曄廷解釋，「你們知道永泰公主嗎？」

儀萱搖搖頭，這次宗元不敢隨便回答，只是看著曄廷。

「永泰公主是唐中宗的女兒，武則天的孫女……」

曄廷說出永泰公主的事蹟，這些子淯早就知道了。這個碗也是徐靜爹爹的作品，他之前就從這個碗拿到了水冥氣。

令他驚訝的是，永泰公主墓的碗也會在這個展覽裡展出，怎麼這麼巧？其他三件徐靜爹爹的作品也會一起展出嗎？這個在藝湛的展覽他一定要去看！

「這公主好可憐啊，這麼年輕就死了。」儀萱感嘆的說。

「那這個展覽是什麼時候？我們要怎麼約？」宗元問。

「在……」曄廷話還沒講完，儀萱打斷他。

「你在群組傳日期跟時間給我們好了，我怕記不住。」儀萱聳聳肩說。

「好。」曄廷雖然不相信唐詩和宋詞比賽冠軍的儀萱會記不住一個簡單的時間地點，不過他沒有爭辯。

又是這個儀萱阻擋他的好事，子滑恨恨的想，一定要先除掉她！但是現在還不是時候，要沉住氣，等他拿到最後一個金冥氣，那時候法力眞氣都完整了，一定萬無一失。

而且這個年代的資訊太容易找到了，尤其這種公開的展覽，網路上一定找得到。子滑聽到這些孩子繼續聊一些學校的瑣事，於是不再偷聽，悄悄離開。

19

叮！儀萱的手機響起，是「仙靈」群組的訊息。這個群組只有儀萱、宗元跟曄廷，當初在討論群組名稱時，三個人討論許久，宗元很迷「魔幻仙靈」系列，提議叫做「魔幻仙靈」，可是另外兩人沒有看這套書，所以持反對票。曄廷倒是沒有完全否定宗元的想法，提出「魂仙靈」代表他們三人分別去見過詩魂、詞靈、畫仙，可是儀萱覺得兩個字比較好稱呼，「而且『魂仙靈』唸快點好像是『混仙靈』，靈氣馬上落漆很多。」既然儀萱這樣說，大家就同意用「仙靈」當他們的群組稱號。

曄廷：「藝湛的唐三彩特展是在下星期六開幕，下午三點。內江路一段八號十七樓。你們中午來我家吃飯，下午一起過去。」

宗元：「好。」

儀萱：「要穿得很正式嗎？」

宗元：（翻白眼的表情符號）

儀萱：「這是藝文界的重要展覽，你不要隨便穿個運動短褲就去，太丟臉了。」

宗元：「誰說我只穿個運動短褲就去？我當然還要穿上衣啊！」

儀萱：（翻白眼表情符號）

宗元：（狂笑貼圖）

曄廷：「也不用太正式，藝術圈的人有的也是穿得很隨性。你們自在就好。」

儀萱：「哎，你們男生就是不懂。」

曄廷：「儀萱，剛剛在公園你爲什麼不讓我說出展覽的時間地點？」

儀萱：「你們有注意到有個中年人一直在我們身邊轉嗎？」

曄廷：「那個穿條紋上衣，留著小鬍子的男人嗎？他怎麼了？」

宗元：「我沒注意到，那是誰？」

儀萱：「我本來也沒有注意到他，後來覺得他怪怪的，一直在我們附近不走，好像在聽我們的談話內容。」

曄廷：「你覺得他在打聽這個展覽的消息？可是這個活動是公開的，外公很歡迎各界人士來參觀耶。」

宗元：「那他其實網路上就可以找到了。」

儀萱：「我知道……就是覺得怪怪的。他有幾次走到我身邊，讓我很不舒服。」

曄廷：「那我跟外公說，讓他們多請一些保全人員好了。」

宗元：「可不可以也多請一名保護我們？」

儀萱：「人家請保全是要保護古物的好不好？」

宗元：「我是唐朝詩人柳宗元耶！也算古人。」

曄廷：（狂笑貼圖）

儀萱：（暈倒貼圖）

儀萱：「那就這樣，星期六中午先去你家，然後再一起過去。不聊了，我去做功課了。」

儀萱關掉手機，打開書本，卻沒認眞在看書。那個穿條紋上衣的男人，讓她有種奇怪的感覺，好像哪裡見過，有種熟悉感，可是明明是陌生的臉孔，還是那種路上完全不會引人注意的大叔。詭異的是，他讓她有種非常強烈的厭惡感。她甩甩頭，把這些莫名其妙的感覺撇開，專心在書本上。

＊＊＊

很快到了約定好的星期六，儀萱、曄廷，還有宗元走進會場時，距離開幕還有一段時間，但是曄廷的家人及一些工作人員已經在忙碌了。

「顧媽媽，我們可以幫忙嗎？」儀萱問。

「我們還在確認最後的活動流程，有一些貴賓的行程臨時更動，你們自己四處逛逛，等下我們要排點心的時候再讓你們幫忙。」顧媽媽說完就去忙碌了。

他們三人便在會場裡欣賞這些唐三彩。

「這就是我說的『三彩加藍人面鎭墓獸』。」曄廷說，三人站在一個展示玻璃箱前面欣賞。

「原來這麼大一尊啊！」宗元讚嘆。

儀萱先前在網路上看過這個唐三彩，現在站在它面前，忍不住因這件鎮墓獸的壯觀發出驚嘆。這件作品比她想像的還要大，幾乎跟她一樣高了，網路上看起來以為只有手臂的高度。她繞著展示櫃走一圈，這隻鎮墓獸背面的黃褐釉色光滑明亮，端正威武的蹲坐著，前方有綠色的蛇盤旋。鎮墓獸四腳上有牛蹄，正面顏色豐富，胸口上的花紋漂亮精緻，綠藍白黃釉色鮮豔，肩膀兩邊則各有兩個火焰狀直立的裝飾。

鎮墓獸的頭部沒有釉色，但是表情誇張又豐富，粗眉倒豎，眼球凸出，鼻子大，鼻孔也大，抿著嘴，獠牙從兩旁凸出，下巴有一排捲捲的小鬍子，還挺可愛的，兩個大耳朵像兩片大木耳，頭上有三隻角，角後面又有一堆像直立火焰的裝飾。

鎮墓獸的後腦勺有一柄長劍，長度超過頭上的長火焰，整隻鎮墓獸有火、有蛇、有獠牙、有長劍，看起來有點嚇人，卻又威武莊嚴。

「眞的好特別啊！」儀萱說。

看完鎮墓獸後，他們往前走去，這裡展示著乾陵出土的唐三彩。

「你們看，乾陵是武則天跟唐高宗的陵墓耶！」宗元說。最近媽媽非常沉迷《武則天外傳》這齣電視劇，他也跟著看了幾集，所以對武則天和唐高宗印象深刻。「昨天那集講到永泰公主在背後講武則天的壞話，然後被處死。」

「對，我說的永泰公主，還有章懷太子、懿德太子，都葬在這裡。」曄廷說。

儀萱仔細的看著一個個唐三彩，這裡也有從章懷太子墓出土的鎮墓獸，嘴巴大張，一對翅膀展開，全身火焰飛揚，三彩均勻分布，跟剛剛看到的「三彩加藍人面鎮墓獸」風格很不一樣。

「這個就是你說的公主墓裡的碗嗎？」儀萱指著展示櫃裡，一個裡面有寬邊綠白相間紋路，外層有綠色細紋的碗，這個碗特別引起她注意。

「對啊，旁邊這個盤子也出自公主墓。」曄廷說。

「我覺得這個碗比較特別。」儀萱說。

「我也這樣覺得。」曄廷說。他們兩個人頭靠得很近，一起欣賞著。

「你們看，小熨斗耶。」宗元嚷著，「還有酒盅和小盤子。」

「騎馬狩獵俑身上的紋路好像木紋呢！」三個人看著這些精緻的隨葬品嘖嘖稱奇。

他們繼續往下一個展示櫃走去。

「這些馬讓我想到我練的『飛馬奔逸』的招式。」曄廷著迷的看著三彩馬。

「眞的耶！」儀萱曾跟他進入趙霖畫的《六駿圖》，現在看到的也是依唐朝的戰馬創作的陶器，立體的造型更有栩栩如生的感覺。

「這個三彩三花馬的尾巴好尖啊。」宗元看著說明標示，「這也是乾陵懿德太子墓出土的。」

「這裡的這幾隻都是，尾巴又短又翹。」曄廷說。

「眞的耶，每一隻都是。」儀萱說。不管是褐色的馬，白色的馬，還是藍色白斑點的，都一樣有短翹尾。「我覺得那隻黑色的最特別。」

儀萱看了一下說明，是出自安菩夫婦合葬墓。跟其他色彩繽紛的馬比起來，黑亮的馬看起來特別有神祕感。

「你不覺得很像颯露紫嗎？」曄廷也看著它。

「眞的耶！」儀萱驚嘆的說。

宗元曾聽過他們去畫裡找有馬的畫練劍，不過他們沒有提到像馬的名字這種細節，現在他們又講起只有他們知道的事，宗元覺得自己被排除在外，心裡不舒服。

「你們看，這些駱駝身上載了好多人啊！」宗元用誇張的語氣打斷兩人的對話，把他們引到下一個展示櫃。

這裡只有兩隻駱駝，但是背上都載滿人，一隻背上有五個人，一隻背上有八個人，都在彈奏樂器，八人組的還有個女子歪著頭在唱歌，如果換算成實物，一隻駱駝大約有四公尺高，的確不成比例。

「哈哈，你們看，四大天王耶！」宗元開心的笑著。

他面前這個展示櫃裡擺放著四尊天王俑，一尊來自陝西歷史博物館，一尊來自北京故宮，一尊來自國立歷史博物館，一尊來自臺北故宮。四尊天王俑各有特色，但是都是一手高舉，一手叉腰，一腳或雙腳踏在小魔身上，很有降魔伏妖的氣勢。

三個人一邊說笑，一邊欣賞這些唐三彩，展覽裡的展品很豐富，他們還沒看完，顧媽媽就喚他們去幫忙。

「你們幫忙把這些點心放到那邊的桌子上。」顧媽媽交代清楚後又轉身去忙。

他們三人拿著點心水果來到牆邊的桌子，認眞的布置。儀萱走到桌子前端，把杯子排整齊，她感到身後似乎有東西引起她注意，於是回頭一看。

沒有人啊！那個感覺不是有人叫喚，也不是有人拍她肩膀，而像有一絲清風吹過她耳邊，傳來一些細語，卻什麼也沒聽到。

這個高級藝廊位在室內，大樓空調非常穩定，絕對不會有任何一點風的。

儀萱轉過頭，雖然沒看到人，但是身後的一個古物引起她的注意。她看到展示櫃裡有一個小小的唐三彩，隔著一段距離，看不太出來是什麼造型。她往前走兩步，正打算上前去看仔細，有人拽著她的手臂。

「發什麼呆啊！顧媽媽說食物太多，要我們去抬另一張桌子過來。」宗元拉著她。

「喔……好。」

「我們要快點，接近開幕時間，人越來越多了。」曄廷說。

他們忙著抬東西，沒注意到一名男子穿著條紋上衣，走進會場。

20

子滑走進會場，沒料到這個私人的場地這麼大，這麼正式，展出的古物也很多。

他正要往裡面走，有人喊住他：「先生，請簽名。」

他轉頭看，入口有個長長的簽名桌，一位小姐很友善的遞給他一支筆。這個女孩長相有點像徐靜，他不忍拒絕。今天就要拿到「三彩加藍人面鎮墓獸」裡的金冥氣了，這個神韻有點像徐靜的女孩讓他覺得整件事就要水到渠成。

之前在辦來臺灣的文件時，他都簽「王政」，現在他就要拿到最後一個冥氣，即將回復他的身分，便在簽名簿上寫下「子滑」。

「謝謝子『侑』先生。裡面請。」女孩微笑著說。他看到她胸前工作證上的名字是張欣美。

子洧微微失望，眞的徐靜不會犯這種無知的錯，洧，發音ㄧㄣˋ，不是侑。不過他懶得糾正她，直接往裡面走。

開幕典禮吸引了很多人，他表面上隨意走著，興奮的東張西望，其實一心在找「三彩加藍人面鎮墓獸」，但一個展示櫃讓他停下腳步，裡面兩隻駱駝，身上載著幾個彈奏樂器的人。沒錯，這兩個他都見過，一個是中國國家博物館的「三彩釉陶載樂駱駝」，一個是在陝西歷史博物館的「三彩載樂駱駝俑」，其中那個駱駝背上有八名樂手的，就是徐靜爹爹的作品，也是木冥氣所在，想不到兩個都在這兒。

上次那些孩子們說，永泰公主的碗也在，怎麼這麼巧？他放慢腳步，仔細看著這裡展覽的唐三彩，果然，除了木冥氣的「三彩載樂駱駝」外，還看到有土冥氣的「黑釉馬」，水冥氣的「三彩碗」，火冥氣的「三彩天王像」。

想不到這次的展覽，徐靜選的五件陶器，今天都在這裡了！早知道，他就不用一個個去不同的博物館了。不過話說回來，沒有早知道這件事，而且沒有先拿到前三個冥氣，讓他的能力大到可以從網路照片就感受到對的陶俑，驅使他到臺灣，他也不會來到這裡。一切都是冥冥中注定。

不知道那個陶鴨會不會也在這裡？如果在的話就太完美了。他拿到最後一個冥氣，就直接去找陶鴨，一定可以很快找到自己的後代！

子滑非常興奮，千年的等待，總算一步步來到他所要的結果。

他在人群中穿梭，終於找到「三彩加藍人面鎮墓獸」。已經有幾個人在他面前，圍著唐三彩欣賞，他耐心的等著。

終於那些人離開，子滑站在鎮墓獸的面前，手心向著陶俑，緩慢的深呼吸運氣，一股力量從陶俑的身上出來，那是徐靜的力量沒錯，這金冥氣帶著冷冽、肅殺的性質，進入他的身體，滲入他的肺，他只覺得胸口一陣清涼，體內的真氣融合其他四個臟器裡的木、水、火、土冥氣，加入金冥氣，他終於完整得到徐靜留給他的法力。

他感到全身充滿能量，真氣充沛。太好了，五個冥氣都拿到了！下一步就是那個「三彩鴨銜梅花杯」。

他正要往右邊去，那裡有食物桌，桌子再過去就靠近洗手間，洗手間前面的區域有幾個比較小的展示櫃，他想去看一看。這時一個聲音響起：「各位來賓，開幕典禮即將開始，請往展場左邊的座位區就坐。」

人群一陣騷動，大家轉身往左走去。子涓在人潮之下，無法向右移動，他大可使用法力，這些人非死即傷，但是他也知道，製造混亂不是聰明的方式，主辦單位爲了保護這些古物一定會做好準備，他要有耐心。

「謝謝各位來賓，開幕典禮正式開始，現在先請藝湛的創辦人，蘇季風先生上臺跟大家說幾句話。」

臺下一陣掌聲，一個白髮長者上臺，開始講述他舉辦這個展覽的想法。

「唐三彩是埋葬地底千年的寶物，我個人也收藏了幾個，但是我希望有更多人可以親眼欣賞到這些源自唐朝的風華。所以這次我邀請兩岸的博物館共襄盛舉，讓大家能在一次展覽中把一些重要的，經典的，美麗的唐三彩看個夠，這裡我先謝謝陝西歷史博物館的館長……」

曄廷的外公在臺上一一唱名致謝。子涓看到宗元、曄廷、儀萱在展場右方食物桌那裡忙碌，儀萱走到桌子的前端排列杯子時，只見她猛一轉身，走向靠近洗手間方向的那幾個展示櫃，在其中一個前面停住。

儀萱背對著他，他看不到她的表情，不過她似乎對展示櫃裡的東西很有興趣，凝望許久。

子滑忽然莫名覺得不安，他一向很有耐心，可是這次他不想等那麼久。

臺上已經不知道輪到第幾個貴賓上去致詞，他暗暗運氣施法，對著正在臺上侃侃而談的女士吹一口氣，她眼睛一閉一張，「……那我今天就講到這，大家現在可以自由參觀了。」女士一說完馬上下臺。

臺下的人熱烈鼓掌，應該也是對不用繼續聽貴賓講話感到鬆一口氣。大家起身離開座位，子滑也趕快站起來，往展場右方的那些展示櫃走去。

只是他還走不到兩步，忽然感到王政的內息混亂，頭一陣劇痛。

糟了，現在他拿到五個冥氣，法力眞氣猛然大增，王政這個身體負荷不了。子滑再三運氣，硬是讓王政支持下去，不讓他倒下，同時走往右前方洗手間方向。

他來到剛才儀萱出現的地方，現在這三個人不知道去哪了，不過他並不在乎，他在乎的是眼前展示櫃上擺著那個熟悉的陶件——「三彩鴨銜梅花杯」，儀萱剛才在看的就是這個。

當年徐靜把五個冥氣放入五個陶器之後，透過土的連結，還有陶娃的力量，把自己的心法也存於陶鴨杯。徐靜當年一定認爲陶鴨杯會在子堃手上一代代傳下去，所以指示子滑找到杯子，就可以找到他們的後代，想不到這個杯子會出現在這裡。這個應該在子堃手中，世世代代傳下去的杯子，如今在博物館的展示間流轉。

不管如何，天地間有股冥冥的力量，把這六件徐靜爹爹的陶器都聚在一起了。他拿到最後的金冥氣，現在要去取陶鴨杯的心法，徐靜一定會保佑他找到他們的後代，王政已經快不行了，他需要把自己全部的眞氣、法力、巫術都附在這個後代子嗣的身上。

他深呼吸一口氣，把王政穩住，伸出兩手，掌心對著陶鴨。

什麼也沒有。

不可能啊！他再度施法，這次終於感覺陶鴨的回應，有股幽微的力量緩緩出現，他再度增強法力。這時候，一股吸力猛地出現，彷彿要將子滑的力量全部吸走。子滑大驚，趕快把法力全數撤回。

怎麼回事！怎麼會這樣！

他再試一次，還是一樣的狀況。裡面的力量不是徐靜的力量，是一股詭異的吸力。一定發生了什麼事，所以這陶鴨不在子堃後代的手裡，而是被擺在博物館，並且也不再有徐靜的法力。

對了，剛才儀萱站在這個展示櫃面前許久，一定有問題。之前去鞏義博物館，他對著陶鴨施法，什麼也沒發生，而這次居然多了一股莫名的吸力，這中間的改變，一定跟莊儀萱有關！這已經不是她第一次破壞他的計畫，一定是她搞的鬼！

可惡！他四處張望，都沒看到儀萱，也沒看到其他兩個人。

這個會場只有一個出入口，他走回入口處，剛才請他簽名的小姐還在那裡。顧曄廷是藝湛創辦人的外孫，工作人員八成認識曄廷，他抱著一線希望詢問。

「請問一下，你有看到顧曄廷跟莊儀萱嗎？」子淯問。

小姐聽他說出他們的名字，便不疑有他笑著說，「小孩子沒興趣看古物，待沒多久就一起出去，好像聽他們說要去星巴克。」

太好了！子淯匆匆道謝，也跟著離開會場，往星巴克快步走去。

21

「到底發生什麼事？爲什麼要在這裡說？」曄廷問。他們三人坐在星巴克，各自點了一杯飲料。

「會場人太多。」儀萱只是簡單回答，並且吸了一口飲料。

「該不會你忽然想到你到底是誰的後代？」宗元開玩笑的逗她，可是儀萱居然只是怪異的看他一眼，而不是給他白眼。

「我知道我是誰的後代了。」儀萱的話讓兩人都嚇一跳。

「眞的？」

「你是怎麼知道的？」

儀萱沉澱一下激動的情緒，深呼吸後說，「我在會場幫忙排食物的時候，耳邊聽到細碎的聲音，我回過頭看，只有一個展示櫃在我後面，奇怪的是，我覺得這個展示櫃裡的東西在召喚我，所以我走過去，那是一只做成鴨子造型的杯子。」

「我知道，是三彩鴨銜梅花杯。」曄廷點點頭。

「我也有看到，那才是名副其實的唐老鴨。」宗元自己哈哈笑著，不過儀萱這次沒有理他，他趕快正色問，「好啦，說眞的，這杯子怎麼了？」

「這個陶鴨杯跟我有感應，」儀萱繼續說，「我第一次看到時，就有特別的感覺，但是不強烈。不久後，我再次看到它，感覺有股很強的力量從杯子裡出來，這力量希望我去接收它，我伸出手，這力量就從我的手心，進入到我的身體。」

儀萱停下來，看著宗元和曄廷，再吸一口飲料，「這個力量讓我在腦海裡看到，徐靜的一生。」

「你是說，那名背叛畫仙的弟子，徐靜？」曄廷覺得不可思議。

「所以，你看到什麼？徐靜告訴你，你是誰的後代？」宗元問。

「徐靜從第一天她見到月升開始說起，她……」儀萱仔細的把徐靜遇到月升的經過，她跟師兄姐修習隱靈法的歲月，後來可以聽見月升的想法，學成下山跟子消在一起，一直到她死前，把她的法力分在哪五個陶器，以及把她的心法放在陶鴨杯裡的整個過程，全部仔細的講給他們聽。

兩人聽了都非常震驚，說不出話來。

「子湑拿到五個陶器的冥氣後，他會有足夠的法力，可是必須要找到他們的後代附身，才能完整的出現在世上。所以徐靜把最後的心法放在陶鴨裡，她曾要求子堃一定要讓陶鴨世代相傳下去，所以要子湑去找陶鴨，子湑就可以拿到陶鴨的心法，又同時找到他們的後代。」儀萱說，「當時徐靜在死前，設了一個機關，就是當子湑拿到五個冥氣後，持有陶鴨的後代，也會同時從陶鴨中得知這一切，了解整個事情的經過，這樣就會願意讓子湑附身，讓子湑的法力跟他結合。子湑的力量，加上後代子嗣的形體，就可以完成當年他們沒完成的理想。」

「所以……你就是徐靜跟子湑的後代！」曄廷驚訝的看著儀萱。

儀萱面無表情的點點頭。

「可是，爲什麼陶鴨沒在你手上，不是應該世代相傳的嗎？」宗元問。

「而且，如果你是徐靜的後代，爲什麼畫仙也沒有看出來？」曄廷問。他不能接受儀萱是徐靜跟子淯的後代。

「別忘了我剛剛說的，子堃最後是被鄭涵帶走的，不是跟徐靜一起長大。他之後遇到什麼事情，徐靜怎麼會知道？徐靜只能期望他一直保留陶鴨，一代一代傳下去，可是現在這個陶鴨收藏在博物館，不是在我手裡，所以這中間一定發生了什麼事。」儀萱說。

「照你這樣說，這個子淯也拿到五個冥氣了。」曄廷想了想問，「徐靜有讓你知道這五個冥氣在哪五個陶器裡嗎？」

儀萱點點頭，「都在今天的展場裡，永泰公主墓的『三彩碗』，陝西歷史博物館的『三彩載樂駱駝俑』，洛陽博物館的『黑釉馬』，臺北故宮的『三彩天王像』，國立歷史博物館的『三彩加藍人面鎮墓獸』。」

宗元跟曄廷瞪大眼睛，倒吸一口氣。

「所以子淯也是今天才拿到五個冥氣的？」

「應該是，」儀萱回想一下，「我第二次看到陶鴨杯時，它發出很強的力量吸引我過去，跟第一次看到時的感覺不一樣。」

「看來，你真的是徐靜的後代。」曄廷不得不接受的說，「我經過那個三彩鴨銜梅花杯幾次，都沒有什麼感覺。」

「我也沒有。」宗元也附和，「那我們是不是應該跟畫仙說這件事。」

儀萱微微皺眉，「可不可以請你們不要跟她說，她若知道我是徐靜跟子湑的後代，會殺了我的。而且徐靜也說，月升這人不如表面上正派，她有黑暗殘忍的一面。」

「徐靜跟畫仙的說詞有很多不同，我怎麼知道，說不定這些是徐靜編派出來的？」曄廷反問。

「兩個人一定有各自的立場，你想，畫仙怎麼可能會對你承認她內心有邪惡的那一面？一定是把錯誤都推給子湑和徐靜。」儀萱反駁。

自從曄廷進入畫境，在畫境學到法力，還救出畫仙後，他對畫仙就非常尊敬。對於畫仙被自己弟子暗中加害，導致被困在畫中的事，一直替她憤憤不平，曾暗自決定要加緊修習。如果祖先張萱可以把她畫進畫中，自己一定也可以找出方法把她救出來。

沒想到，現在儀萱告訴他的，是另一個版本的故事，那個他所討厭的徐靜，不但是儀萱的先人，還說出畫仙想要殺她的事情。而且，自己的先人張萱也逼迫徐靜，殺害子湑，還跟柳子夏和王冉奇逼徐靜殺死自己的小孩，這些事太令人不舒服，太震撼了！

「那我們應該怎麼辦？」宗元問。他還沒進入過畫境，關於畫仙的事都是聽曄廷和儀萱所說，他的情緒也沒有那麼強烈，但是聽到自己先人柳子夏的事情，還有儀萱居然是徐靜的後代這些事，依然覺得很不可思議。

「子湑應該還在會場，」儀萱說，「我想回去找他。」

「你要找他做什麼？」曄廷大驚，「他會附身在你身上，做出可怕的事情。」

「我……我也不知道，」儀萱似乎也不知道該怎麼做，但是身體裡徐靜給她的力量要她去見子湑，「或許，我可以勸他。」

「勸他什麼？」宗元也不贊成，「這人太可怕了！他從秦朝開始，忍辱負重兩千年，一定不會放棄他的皇帝夢啦！」

「那……我答應你們不會輕舉妄動，不過至少要知道他現在附在誰身上，我們才好提防不是嗎？現在他就在會場，我們比較容易找到人，如果展覽結束大家都走了，要再找他就不容易了。」儀萱建議。

「也好。」曄廷想了想也贊成，「但是你一定要保證，不能讓他有機會附身到你身上，要保持距離。」

「好。」儀萱用力點點頭。

他們回到會場時，居然又有人在臺上講話，來賓們乖乖坐著。三人則在入口處被擋了下來。

「你們回來了啊，等下再進去，市長晚到，現在正在致詞。」門口負責接待的張小姐小聲的跟他們說。

「喔，好。」曄廷回答。

儀萱不耐煩的東張西望，想看看哪個人可能會是子淯。

「喔，對了，剛剛有個子侑先生在找你們耶，你們回來的路上有碰到嗎？」張小姐好奇的問。

「子侑？」三人你看我，我看你，搖搖頭。

儀萱忽然臉色一變問，「你確定是『子侑』嗎？他有留下簽名嗎？」

「有啊，每個來開幕典禮的人我都有請他們簽名喔！」張小姐對自己工作盡責感到很驕傲，翻開簽名簿，「你們看，這唸『侑』對吧？」

他們三人臉色一變，沒錯，是子淯！想不到他這麼狂妄，大剌剌的把自己的名字寫在上面。

儀萱焦急的問，「他長什麼樣子？」

「他啊，普通的中年人，穿著條紋上衣，留一撮小鬍子。」張小姐回憶的說。

「就是公園在我們身邊的那個人！」儀萱小聲的說。

「這位先生人呢？」宗元問。

「他去星巴克找你們了。」

三人面面相覷，一路上都沒見到啊！子涓本來要去找他們的，爲什麼臨時改變主意？現在會去哪裡？

「怎麼辦？」

「我……我也不知道。」儀萱茫然的說。

「今天開始，你的行動要小心，我怕他會跟蹤你。」曄廷說。

「我送她回家。」宗元自告奮勇。

「也好，我等下要幫我爸媽整理場地。」曄廷無奈的說。

儀萱一時也不知道怎麼辦才好，只好讓宗元先送她回去。

22

儀萱和宗元回去後，曄廷待在會場裡幫忙，這時市長終於致詞完，再度輪到蘇季風上臺總結，來賓們繼續吃東西聊天，看展覽。

「小廷啊，你喜歡這個展覽嗎？」外公看曄廷坐在椅子上發愣，走到他旁邊坐下。每次這種重要的展覽，外公通常都是被人群包圍，難得這次特別來跟他聊天。

「喜歡啊，這些唐三彩真的很漂亮，很特別。」曄廷真心的說。

「呵呵，喜歡就好。對了，小廷，你那兩個朋友呢？他們特地來幫忙，我想謝謝他們。」外公和藹的說。

「喔，儀萱她不太舒服，宗元就先送她回去了。」曄廷覺得很難跟外公解釋那些複雜的經過，他也不會相信他們的際遇，所以敷衍過去。

「好可惜，我想親自道謝呢！」外公惋惜的說。

「沒關係，他們很開心可以來看這些寶物呢！」曄廷不在乎的說。

「這樣好了，你找一天邀他們來家裡，請他們看我私人收藏的唐三彩，就算是道謝，他們一定會有興趣的。」外公堅持的說。

「眞的？太好了，謝謝外公。」曄廷開心的說，他知道外公的珍藏向來不隨便給外人看，即使這次的展覽，都是從兩岸各地的博物館商借，沒有一個是他的私人收藏，想不到外公這次這麼大方。儀萱是徐靜的後代，一定會喜歡。

「蘇館長，這兩位是電視臺的記者，想跟你做簡短的訪問……」張小姐領來兩位扛著攝影器材的人過來。

「喔，好好，小廷我先去忙了。」外公匆匆離開。

曄廷則是傳簡訊到「仙靈」群組。

曄廷：儀萱平安到家了嗎？

宗元：（大拇指貼圖）當然！

儀萱：我到家了。

曄廷：那就好，今天的事情太奇怪了。

宗元：對啊，想不到儀萱也是大有來頭。

儀萱：對了，我剛剛好奇，上網去找徐靜說的陶娃，沒找到一樣的，不過這張有點類似，給你們看一下連結，點進去就可以看到。

儀萱：（傳送一個網址）

曄廷：滿可愛的。

宗元：好像日本娃娃。

儀萱：徐靜給我看到的影像，她的陶娃臉偏向另一側，身上穿藍衣，上面有黃綠色的葉子花色，披肩是橘褐色，從她的右肩垂到膝蓋的位置。

宗元：你知道徐靜的陶娃有多大嗎？

儀萱：大概一個手掌那麼大。

曄廷：你開始對唐三彩有興趣了嗎？我外公說謝謝你們今天的幫忙，有機會要請你們去看他特別珍藏的唐三彩。

儀萱：好啊。說不定我也可以看到更多徐靜爹爹的作品。
宗元：徐靜的爹爹……那算你外公嗎？
儀萱：（白眼貼圖）拜託喔，徐靜又不是我媽。
宗元：對吼……算是祖外公好了。
儀萱：最好可以這樣算啦！
宗元：對了，曄廷，後來那個子「侑」先生有沒有再回到會場？
儀萱：曄廷？
宗元：他消失一段時間了，可能如廁去了。
儀萱：宗元也消失了嗎？誰講這麼文謅謅的話啊？
宗元：我是柳子夏的後代，文青啊！不要嫉妒！
儀萱：（白眼貼圖）
曄廷：子洧沒有再出現，我一直待在這裡，都沒看到他。我也有請簽名處的小姐幫我留意，她也說沒有再出現。
宗元：汝如廁歸來？

曄廷：你被子滑附身了嗎？還是講話結巴？

儀萱：（大笑貼圖）

曄廷：我剛剛根據儀萱的連結，還有她的描述，畫了這張陶娃，你看像不像徐靜給你看的陶娃？（傳送圖片）

儀萱：對對對，就是這樣，你也太厲害了！這麼快畫好，好像喔！

曄廷：謝謝。

宗元：此畫以形寫神，以神畫魂，氣勢磅礴，疏落有致，前景寫實，遠景縹緲，好畫，好畫！

曄廷：（大笑貼圖）

儀萱：宗元你也眞厲害，這麼快就網路上抄到句子，好像喔！

宗元：多謝兩位兄臺抬愛！

儀萱：曄廷，你再繼續觀察，宗元，你再繼續掰，我媽媽要我去吃晚餐了。

宗元：那我也去吃飯了，掰。

曄廷：掰。

儀萱吃完晚餐後，回到自己的房裡，回想今天在展場的事。她從「三彩鴨銜梅花杯」裡拿到力量，徐靜的故事讓她還在震撼中。

她沒跟宗元曄廷說的是，她除了看到徐靜的一生外，還感到體內有股特殊的力量。儀萱想到，在曄廷拿到五行氣後，曾經在《層巖叢樹圖》試圖幫她練氣，她回想曄廷的氣在自己體內運行的方式，盤腿坐在地上，呼吸運氣，也試著用同樣的方式，把那股徐靜給她的力量運行起來。

沒錯！這是可行的。

曄廷的法力來自月升，徐靜的法力也是來自月升，而她是徐靜的後代子孫，徐靜的法力正引領她的眞氣，從胸口慢慢往上，通過頸部到達頭頂。儀萱感到一陣清涼，整個腦袋清新，開闊明亮，這股氣再從頭頂慢慢下沉，她感到五官的覺知特別清晰，然後來到脖子、肩膀、雙臂、手肘、前臂、手掌，她感到十根手指變得靈活，接著這氣再度從手回到胸口，在心肺之處遊蕩，再往下推到腹部，她感到丹田有力，這力道再往下推到下肢和腳底，然後順暢的再度上升，回到胸口。

儀萱感到全身舒暢，活力十足，眞氣沛然，太美妙的經驗了！

儀萱還從陶鴨那裡知道，徐靜要她跟子淯的法力會合。他擁有法力，卻沒有形體，到時候他會附在儀萱身上，利用她的軀體，完成自己的復國理想。

正氣靈曾經附在她身上過，但是正氣靈意念正派，沒有干擾過她的想法。子淯呢？宗元和曄廷覺得他是壞人，要儀萱遠離這個人。可是對儀萱來說，他是她的先人。子淯想要統一天下，儀萱對此一點興趣也沒有，太荒謬了！但是他的一些作為也是為了壓制月升，月升沒有表面上看來正派，子淯會形體俱滅，也是月升跟張萱下手的。

有些事她想不通，就像之前跟宗元和曄廷討論的，為什麼月升沒有測試出她是她五名弟子之一的後代？為什麼陶鴨沒有在她的家族間當傳家寶傳下來？月升跟徐靜對整件事的說法有出入，真的只是月升想隱瞞自己的黑暗面而已，還是有別的原因？

儀萱覺得子堃被鄭涵帶走後，一定發生了什麼事。只是她從陶鴨知道的是徐靜傳過去的心法，是徐靜經歷到的事情。她沒有從陶鴨感覺到任何有關鄭涵的事。

對啊，當年的張萱、柳子夏、徐靜三人的後代就是曄廷、宗元跟她，那王冉奇跟鄭涵的後代呢？如果找到鄭涵的後代，是不是可以解開這部分的謎？

還有子淯跑去哪裡？他出了會場後不是去星巴克找他們嗎？他一定急著找自己的後

代，應該不會一走了之啊！他去了哪裡？

儀萱覺得有好多謎團。如果她擁有更大的法力，是不是可以解決這些事情？想到子滑從五樣陶器拿到五個冥氣，如果他附在自己的身上，是不是等於她也擁有這些法力？

儀萱忍不住打個冷顫，自己怎麼會有爲了法力而讓子滑附身的想法？法力眞的是太迷人了嗎？不行，她要有所警覺。

儀萱再度運氣，呼吸，讓眞氣全身運行幾次，把心緒放慢。她知道這一切有很多的疑問，但是很多事她也無法控制。目前看來，子滑若想找到附身的後代，就會自己來找她。他曾經在公園出現，還找到藝湛的展覽，現在更有了五冥氣，她不用擔心他會消失。

眼前只能以不變應萬變，就等穿條紋衣的男子再度出現。

23

沒想到，這個穿條紋衣的人，是在兩天後的電視上出現。

儀萱和宗元在曄廷的家裡，三人驚訝的看著新聞播報員陳述著，「這名身分不明的男子被發現陳屍在工地中。這棟高級辦公大樓週末都沒有人，一直到星期一工人進入正在裝潢的地下室，才在角落發現有人躺在地上，工人馬上報警。警方表示，星期六這棟大樓一個知名私人藝廊在這裡舉辦古物展覽，當時工作人員指出，這名操著大陸口音的男子在簽名冊下簽『子侑』這個名字，開幕展覽還未結束，這位穿條紋衣的男子就匆匆離開，從此沒人再見到他。

「警方目前並未在出入境管理局找到這名男子入境的紀錄，不排除他是非法進入臺灣。初步研判，這名男子可能是非法移工，在工地裡與人結怨，被人引誘到地下室，再予以殺害。警方必須等驗屍結果出來才能有更進一步的消息。」

「想不到他死了。」儀萱愣愣的瞪著電視，現在已經在播別的新聞了。

「這新聞亂播，明明就是子湑，講成子侑，」宗元一副受不了的樣子，「而且他是來拿唐三彩上的法力，不是來當工人的好嗎？新聞也沒講到他匆匆離開會場是去找我們。」

「星期六那天去會場的都是各博物館的館長、負責人、創辦人，還有市長。工作人員的說詞一不小心就會無端牽連很多人，如果張小姐提到我們，我們雖然沒有見到子湑，但會惹警方來盤查，不小心還會被當成嫌疑人，很麻煩的。」曄廷分析，「張小姐是最後一個見到他的人，卻沒再多說他要去哪，這也是在保護我們。」

「你們覺得那個子湑眞的死了嗎？」儀萱想著，問宗元跟曄廷。

「這個子湑千年躲在陶娃裡留著一口氣，現在拿到五冥氣，卻被宣布死了，我也覺得很奇怪。」宗元說。

「可是電視上公布出來的照片就是他，連衣服也是，而且那位簽到小姐也指證了。應該沒錯。」曄廷說。

「我在猜……」儀萱看著兩人，「徐靜囑咐他，拿到五冥氣之後要找到我來附身，這樣法力才能和軀體融合。現在我們看到的這個穿條紋衣服的人，應該是臨時被找來附身的。子淯拿到五個冥氣後，或許這個人的軀體已經不能負荷了，他只好放棄，另外找人附身。所以這人的確死了，但是子淯沒有死。」

「那他不是正要來找我們嗎？爲什麼沒有？」曄廷問。

「可能當時時間緊迫，來不及走出大樓，軀體就要不行了，」儀萱猜測，「所以他另外找人附身，把這個軀體直接丟在地下室。」

宗元跟曄廷點點頭，這個推斷很合理。

「那被附身的人會是誰？」宗元不禁想到之前陳老師被陰氣靈附身的樣子。

「會場那麼多人，誰都有可能。」曄廷說。

儀萱想起什麼似的，「會不會就是那個張小姐？」

「你爲什麼這樣猜？」宗元問，心裡覺得毛毛的。

「當天辦公大樓都沒有其他人，只有會場的人，如果那男的在會場裡倒下，子淯附到任何一個人身上，一定會引起混亂，但是沒有，所以事情是出了會場之後才發生的。也就是，子淯用法力控制某人到地下室去，然後再附身到那個人的身上。張小姐待在入口處，如果子湑帶走的人是會場裡的人，那她一定會看到。但是她的說詞不是這樣，所以唯一的可能就是她被子湑控制，一起去到地下室，子湑離開那個男的，附身在張小姐的身上後再回來。她一直待在入口，其他人都在會場裡面，沒有人會注意到。」儀萱解釋自己的推測。

「所以，照你的推論，我們回去時，子湑已經在那個小姐的身體裡面？」宗元思考，「可是如果子湑順利附身在她身上，幹麼不接著來找我們，要回去繼續上班？」

「宗元說得也是有理，而且我們回去後，張小姐還跟我們講話聊天，沒有馬上附身在你身上。」曄廷說。

「或許，他還不想引起騷動？他馬上附身在我身上，那個張小姐就會死在入口處，場面會很混亂，所以打算找別的機會？」儀萱說。

「那我請我媽媽去問問她？藝廊人事方面的事務都是我媽媽負責的。」曄廷說。

「要怎麼問？『請問子湑附身在你身上嗎？』」宗元不以爲然的說。

「不是啦，用老闆的身分問她當天的情形。你也知道，電視播報有時候會有錯誤訊息。」曄廷說，一邊翻個白眼。

「啊，你們都在啊，吃飯了嗎？我剛剛在樓下買了一些包子、米粉，還有湯麵，一起來吃。」顧媽媽下班回來，看到曄廷的同學們都在，招呼大家一起吃飯。

「顧媽媽好。」儀萱和宗元禮貌的問好，他們也覺得餓了。

「媽，我們剛剛看到新聞報導，有人死在藝湛大樓的地下室。」曄廷一邊吃著包子一邊說。

「是啊，今天警察來問好多問題，」顧媽媽的臉色顯得很疲倦，「不過目前看起來跟我們沒關係，不會有事的。」

「那你有跟張小姐私下談嗎？她怎麼說？」曄廷繼續問。

「當天會場的人都專注在古物上，沒有人注意到這個人，只有張小姐，她說這人想要找你們三個，以為你們認識他，所以告訴他你們去星巴克，他就匆匆忙忙離開，沒有再回來了。」顧媽媽說。

「那張小姐人呢？」宗元問。

「可憐的張小姐，聽到大樓有死人，她又是最後一個見到他的人。我跟她說話時，她顯得很害怕，精神有些恍惚，讓警察問完話後也一直哭，我就請她先回家，剛剛她傳簡訊來，說要休假，過兩個星期再回來。唉，現在很難請人，我得趕快找人來頂替她的工作。」

儀萱和宗元表面上忙著喝湯吃麵，可是都心中一凜，兩個人交換一個眼神，他們經歷過陳老師被陰氣靈附身的事，張小姐的情況有許多相似之處，的確很難被忽視。

「對了，你們認識這個人嗎？他爲什麼要找你們？」顧媽媽疑惑的看著他們。

「我們不認識他，」儀萱回答，「我們上上個星期在公園見面時，這個人鬼鬼祟祟，偷聽我們說話，也不知道爲什麼要跟著我們。可能從對話聽到我們的名字，聽到展覽的消息，所以跑來會場。」

顧媽媽臉色一變，「曄廷，你怎麼沒跟大人說這件事？警方說，這人可能是非法移工，與人有金錢糾紛，現在聽你們這樣說，搞不好這人跟蹤你們很久，本來想綁架你們，用你們當人質勒索你外公……太可怕了。不行不行，我要再去跟警察說。」

「媽，不用啦，這個人已經死了，應該沒事了。」曄廷試圖阻止她。

「是沒錯，可是誰知道他有沒有同黨？我去打電話給警察還有你外公，你們慢慢吃啊！」顧媽媽匆匆離席，留下三個人小聲對話。

「儀萱，你說張小姐被附身，我覺得很有可能。」宗元壓低聲音，「她也跟陳老師一樣失蹤。」

「她現在行蹤不定，無法掌握什麼時候會來找我。」儀萱說。

「你自己上下學路上要小心。」宗元擔心的說。

「沒事。」儀萱語氣儘量表示輕鬆。她一方面不想被附身，一方面又很好奇，如果遇到子消會怎麼樣？總覺得有些事還是要面對的。

「不然這樣，我每天早上去接你，我們一起走路去學校，放學我也會先陪你走回家。」曄廷看著她說。

儀萱感到一陣溫暖，微笑點頭。

宗元有點氣自己，怎麼沒想到接送這招，只說出「自己要小心」這種話。現在如果說要加入接送行列就顯得假惺惺又累贅了。他氣得又塞一顆包子在嘴裡。

「你不是說吃飽了，怎麼還在吃？」儀萱睨了他一眼。

「你管我，聽你們講話我會餓不行啊！」宗元瞪回去。

「什麼跟什麼啊！」儀萱懶得理他。

這時顧媽媽再度回到餐廳。

「等下警察會來家裡，簡單問一些例行問題。你們不要擔心，有我在，沒事。」顧媽媽儘量用平穩的語氣說。

果然沒多久，兩位警察上門，三個人有默契，就是重複儀萱剛才對顧媽媽的說法，沒有提到什麼畫仙、法力、附身這些事。警察認爲目前沒有證據可以證明他們有安全上的威脅，問完話就離開，顧媽媽事後也親自送儀萱和宗元回家。

接下來幾天，曄廷果然每天準時到儀萱家陪她上學，放學時也陪她走路回家。宗元想到個方法，他接近放學時就儘量跟儀萱討論事情，等曄廷過來，兩人一起送儀萱回家。

這樣連續幾天都沒事，沒有任何特別的人接近他們。

「對了，上次說，我外公請你們去看他的特別收藏，你們有沒有興趣？明天下午，藝湛打烊之後他比較有空。」星期五放學，曄廷問大家的意見。

「好啊！我想看！」儀萱開心的說。她最近上網看很多唐三彩的資料，越來越著迷，覺得這些古物的美不只是那繽紛的釉色，多樣的造型，這些隨著尊貴主人而埋在土裡的陶器終於在千年之後重見天日，就像徐靜所說的，飽含著多少土氣力量啊！曄廷外公的收藏不見於一般的博物館，網路上查不到，一定非常特別。

「我也想看。」宗元趕緊附和，又腦袋飛快的提議，「那我去接儀萱，直接約在藝湛。」

曄廷看了一眼儀萱，「好吧，那就明天五點約在藝湛。」

隔天下午，他們三人坐電梯到頂樓的藝湛時，剛好看到蘇季風在鎖門。

「外公好。」儀萱和宗元分別禮貌打招呼。

「你們來了，太好了，剛剛我讓櫃臺小姐先離開，大家輕鬆些。不然這星期大家的神經都很緊繃。」曄廷的外公說。

他們知道，警察後來又多次探查大樓，問了更多問題。

「這邊的展覽你們都看過，我們直接到樓下的辦公室。」蘇季風挺直腰桿，走在前面帶路。

曄廷跟他們說過，藝湛在這棟大樓的頂層，外公的辦公室跟私人收藏室在藝湛的下一層。

他們搭電梯下樓，來到一個豪華的大門前，蘇季風按了密碼，大門嗶嗶了兩聲，向內打開。儀萱和宗元踏進辦公室，睜大眼睛。

這裡像是個小型博物館，一面的牆上都是畫，西畫和國畫都有，另一面的展示櫃上有各式古物，不只唐三彩，還有青銅器、玉器、瓷器等等。

「進來坐。」蘇季風熱情的招呼他們。

曄廷來過這裡很多次，沒那麼驚訝，儀萱跟宗元則忍不住東張西望。

「我讓櫃臺小姐先回去了，你們要喝什麼？我泡茶給你們喝好不好？」蘇季風詢問。

這時候，宗元忽然覺得肚子一陣絞痛，感覺下一秒中午吃的東西就會衝出肛門口。

「我……這裡有洗手間嗎？不好意思，我……肚子痛。」宗元抱著肚子，滿頭大汗。

「啊，剛好今天這層樓的馬桶不通，我都到樓上的洗手間。」蘇季風滿臉抱歉的拿出一串鑰匙給曄廷，「小廷，你帶他去藝湛的洗手間。」

「好。」曄廷無奈的接過鑰匙。

「你還好吧？要不要我跟你去？」儀萱皺著眉頭問。

「不要不要。男生上廁所你去幹麼？」宗元忙著搖頭，他怕如果沒來得及衝到廁所，那種慘狀千萬不能讓儀萱看到。

「讓他們去吧，我給你看個三彩駱駝。」蘇季風笑笑的說。

曄廷帶著宗元離開，宗元一出大門，就衝向電梯。

「快、快！」宗元一邊跳著腳猛催。

「你是吃到什麼髒東西啊！」曄廷加快腳步帶他上樓，用鑰匙打開藝湛的門，打開電燈，宗元已經等不及，衝向洗手間。

曄廷搖搖頭，慢慢朝著同樣的方向走，一路經過展示櫃裡各種不同造型顏色的唐三彩。他眼睛看著這些唐三彩，來到男生洗手間門外。聽到宗元大聲的解放，一點也不想進去陪他，只是意思意思隔空大喊：「喂，你還好吧？」

「肚子好痛，再等我一下。」宗元勉強回應，接著又一陣稀里嘩啦的聲音傳來。

曄廷看著展場的唐三彩，忽然，一個畫面閃進腦海，既陌生，又熟悉。

剛才，在外公的辦公室裡，他看到辦公桌上，有一個他從未見過的唐三彩，應該說，從未在外公的辦公室見過。但是卻令他覺得熟悉，因爲他畫過那個唐三彩！

他迅速拿出手機，打開仙靈群組，往前看到幾天前的對話，儀萱放了一個連結，是三彩仕女俑。

「她的陶娃臉偏向另一側，身上穿藍衣，上面有黃綠色的葉子花色，披肩是橘褐色，從她的右肩垂到膝蓋的位置。」儀萱這樣描述徐靜留給子湞的陶娃。而他根據照片還有儀萱的描述，畫下了徐靜陶娃的樣子，就跟剛剛在外公桌上看到的唐三彩一模一樣。

外公桌上有子湞手上的陶娃！外公被子湞附身了！

「宗元，儀萱跟外公有危險，我先回去！」曄廷不等宗元回答，盡全力往回衝。

24

子淯在會場從「三彩加藍人面鎮墓獸」拿到最後一個金冥氣時，感到全身的眞氣充沛，法力大增，巫術也跟著強大起來。可是他所附身的王政已經承受不住了。他勉強走到「三彩鴨銜梅花杯」前，驚訝的發現，不僅拿不到徐靜最後的心法，沒辦法找到他們的後代，而且裡面還有股吸力，企圖把他的眞氣吸走。他直覺認爲，一定又是儀萱搞的鬼。她之前已經三番兩次破壞他的計畫了。

他大步走出會場，搭著電梯下樓，要去星巴克找儀萱，可是王政的軀體越來越弱，他知道自己走不到星巴克，心裡開始後悔，自從用了這個軀體後，只顧著找冥氣、學巫術，沒有維護這個軀體跟法力的相容性，毫不顧忌的取用軀體的元氣。因爲他覺得應該會很快找到自己的後代，現在這個軀體在過度消耗下，已經無法承受，他需要再找新鮮的軀體附身。

電梯到了樓下，他發現有人從另一臺電梯下來。是蘇季風。蘇季風一直待在會場裡，不過剛才接到市長的電話，原本不能過來參加開幕典禮的市長臨時改變行程，說正在路上趕過來。蘇季風與市長是多年好友，他決定要親自去外面迎接。

沒有時間了，一定要換軀體，而且還有什麼比藝湛創辦人更好的選擇？他可以自由的回到展場，嘗試拿陶鴨杯的心法。

此時四下無人，他很快用法力控制住蘇季風，把他帶到地下室去，此時王政的軀體已經消耗到最後一口氣。子湞迅速離開，附身在蘇季風的身上，拿走王政口袋裡的陶娃。這次他決定用不一樣的態度來對待這個軀體。他每次換軀體，就會消耗自己的眞氣，唯有找到後代附身，才不會有這樣的問題。這個蘇季風算是名人，一定要保持他正常的行爲，才不會引起不必要的混亂，王政的屍體出現在地下室這件事，一定會引起警察和記者關注，帶來很多麻煩。另外，除了注重自己的法力修習，還要兼顧這個軀體的元氣跟自己眞氣的穩定，這樣才能長久，至少要維持到找到他的後代子嗣。

他讓蘇季風保持一部分的元神，讓他親自接見市長一行人，回到會場主持展覽，星期一時接受警察的問話，維持這個星期的日常工作。

而另一方面，他需要找到儀萱。在《晴巒蕭寺圖》中她居然躺在地上就可以傷他，害他最後不敵曄廷，落荒而逃，儀萱的體內一定有什麼可以克制他的力量。後來，她在「三彩鴨銜梅花杯」前面一定做了什麼，讓這個陶鴨杯有特殊的吸力。這星期，他一直在這個古物前嘗試，用盡他的法力和巫術，試圖破解上面的妖法，可是依然沒有成功。

一星期過去了，警察確定這裡沒有可疑人物，終於不再每天出現，蘇季風鬆一口氣，決定安排曄廷帶儀萱和宗元過來。一切按照他的計畫，他先施點小法，讓宗元肚痛腹瀉，再讓曄廷帶他去廁所，把他們兩個支開。

儀萱看著眼前的三彩駱駝，這匹駱駝跟展場的駱駝果然不同。這匹駱駝背上沒有載人，可以看到雙峰露出，背上有個橢圓形的毯子罩著，毯子上面飾有花紋，周圍有荷葉邊。駱駝兩側背著行囊，行囊上各有一張獸臉。儀萱彎下腰仔細看，這張臉看起來好像只有上半部，有大眼睛，粗鼻孔，咧開的上唇，露出四顆大門牙，還有兩邊的獠牙，這些牙齒的下面是一個比上半臉面積還要大的橢圓形，儀萱看不出來那是什麼。

「那嘴巴下面是什麼？」儀萱問，「是下巴嗎？」

「喔，那其實是舌頭，伸長的大舌頭。」蘇季風笑笑說。

子湉看著儀萱專注的表情，思考著下一步要怎麼做。上一次在畫裡儀萱傷了他，但是當時他是用分影法，讓部分的自己留在畫裡，附身在畫鬼中，力量小很多。現在的他拿到五個冥氣，法力大增，儀萱一定不是他的對手。最好的方法，還是先趁她沒有防備心，快速制伏，再來盤查清楚。

子湉打定主意，體內運氣到右手，他不想用全力，暫時還不能把儀萱打死，於是伸出右手緩緩向儀萱的背上拍去，三成力道的法力從掌心送出。

儀萱正聚精會神的看著駱駝，忽然感到背上襲來一股強大的陰氣，來不及細想怎麼回事，只覺得自己體內的眞氣整個被激盪充塞，本能的從她的體內向外推至周身，形成一層像保護膜般的力量。

這股力量反震子湉的法力，雖然不強，不至於傷他，但也是夠他驚訝了。因爲這股反震的眞氣，令他感到微微的熟悉。

儀萱迅速轉過身，訝異的看著曄廷的外公，但是當她的眼光望向蘇季風，瞄到他身後辦公桌上的陶娃時，她頓了兩秒，馬上明白了。

曄廷的外公被子涓附身了！

她睜大眼睛，驚駭的看著他。他現在要附身在她身上嗎？她應該怎麼辦？曄廷的外公會像王政一樣死在她面前嗎？辦公室出口在蘇季風的身後，她逃不出去。

「你是林洪哲的後人，還是弟子？」子涓厲聲問。他剛剛從儀萱身上感受到的回震力量，有林洪哲的法力在裡面。他曾經跟他交手過，不會有錯。

「林洪哲？」儀萱感到迷惑，想了一下，才想起徐靜給她看到的過去中，的確提到她跟子涓曾經到過秦始皇的陵墓前，試圖取用裡面的力量，卻受到攻擊，是一個叫林洪哲的人救了他們。

但這段回憶並沒有讓她解惑，爲什麼子涓說她是林洪哲的後人？子涓不知道她是他跟徐靜的後人嗎？

「你身上的法力哪裡來的？開幕那天，你在陶鴨前面鬼鬼祟祟做了什麼？」子涓又厲聲問，同時右手舉起，運滿法力準備隨時出手。

這一星期來，儀萱對於子涓將要附身到她身上這件事，非常焦慮不安，兩個好朋友甚至每天在身邊保護她，她設想了許多可能性，像是子涓出現時她要怎麼反應？她可以拒絕他的附身嗎？她會被控制嗎？她能夠規勸子淯放棄復國大業嗎？但是怎麼也沒想到，子淯完全不知道自己是他的後代子嗣。而且看起來，他隨時想殺了她！

現在怎麼辦？宗元和曄廷都不在，她得一個人面對。是不是應該告訴子淯，她就是徐靜跟他的後代，千萬不能殺她？

儀萱腦袋飛快閃過許多念頭，但是表面上儘量保持鎮定。

「外公，你怎麼了？」儀萱臉上顯出疑惑的表情，「我不知道你的意思，我是很喜歡那個鴨銜梅花杯，多看了幾眼，可是我真的沒有碰它，它放在展示櫃裡好好的不是嗎？被破壞了嗎？還是有人偷走了？」

子淯瞇起眼睛，這儀萱真的什麼都不知道嗎？她真的沒有從陶鴨杯那拿到徐靜的心法嗎？

「沒事沒事，唉，我最近太忙，操心的事太多了。」子淯改變了口氣，「你過來這邊，我給你看我收藏的一個玉璧。」

「呃……我對唐三彩比較有興趣，我想看看那邊那匹馬。」儀萱顧左右而言他，同時四下觀察這房間的結構，盤算著下一步要怎麼做。

「你還是過來吧！」子淯臉色一變，知道儀萱已經對他起疑心，決定再次出手，他的手一揚，一道法力對儀萱激射而去，灰黑如霧，快速如光。

儀萱知道自己有眞氣，卻沒有法力可以抵抗，不過身體的本能讓她沒有束手就擒，她儘可能的往旁邊矮身閃開。

子淯沒想到儀萱有眞氣的保護，動作特別敏捷，雖然沒有攻擊力，但是居然給她躲過。只是他這法力一射出，並沒有白射出去，儀萱身後的那尊展示櫃自然無法躲過，立方玻璃應聲而碎，裡面的駱駝也被打成十幾片，炸碎在當場。

「不！我做了什麼？我怎會打壞那個古物，我被什麼妖術附身了嗎？不……不……」蘇季風痛苦的大喊。

儀萱看到曄廷的外公衝到那些碎片前，她領悟到，這跟當初陳老師被陰氣靈附身的狀況很像，被附身的軀體，如果本身帶著正念，那他的意識便可以對抗附在身上的力量。蘇季風本來就是個泱泱學者，致力於推廣古文化，他一個凡人之軀無法抵抗被子淯附身，可是本身的正氣，加上對自己深愛的收藏古物被破壞的情緒，激發起對附身力量的反抗。

只可惜這樣的力量不夠大，子浟馬上又取回控制權。不過，這短暫剎那的力量來回轉換，削弱一些子浟的法力，也製造些微的空檔，讓儀萱大步越過蘇季風，奔到辦公桌前，一手抓起陶娃。

「不要動！」儀萱看到子浟站起身，揚起右手，準備再次攻擊，於是高舉陶娃大喊。

「你離開曄廷外公的身體，保證他安全，不然我就把陶娃砸碎，讓你的眞氣元神全部散去！」儀萱緊緊握著陶娃，其實她也不知道要是陶娃碎了的話，子浟的眞氣是不是眞的就消散於天地中。至少，就徐靜給她的故事中，她學到，眞氣要在對的機緣下附在某事物或某人上，才不會消散於無形。子浟雖然目前附在蘇季風上，但那只是暫時的，他要找到後代，把法力、眞氣、軀體三者合一，才能成完整的一人。現在的他還是需要陶娃。

子浟瞇起眼睛，這陶娃帶著徐靜的法力在地底下吸收土氣千年，保存千年不壞，應該不是一般人摔在地上就可以破壞的。儀萱的威脅，只是顯露她的無知。但是，子浟謹愼思考著，儀萱也不是一般的小孩，她身上帶著強大的眞氣，跟林洪哲的力量同出一脈，她若施力於陶娃上，後果會怎麼樣無法預知。他現在還沒有找到他的後代，還是需要陶娃，更不要說那是徐靜死前留給他唯一的東西，不能讓陶娃毀在儀萱的手裡。

「你知道什麼？」子淯陰惻惻的問。

「你是子淯，你從徐靜那拿到陶娃，還拿到五個冥氣，現在需要找後代附身，對不對？」儀萱緩緩的說。

「你怎麼知道的？」子淯臉色變得慘白。

「哼，我什麼都一清二楚。」儀萱虛張聲勢的喊著。

「你在陶鴨杯前鬼鬼祟祟的，施了什麼妖法？」子淯厲聲問，「我需要陶鴨杯上靜兒的心法，讓我跟我們的後代連結。可是我拿到五冥氣後，卻什麼也沒有。你對陶鴨做了什麼？」

原來是這樣，難怪他沒有認出儀萱是他的後代。只要儀萱講出她就是那個後代，子淯就不會爲難她了，而且會附身到她的身上，兩人可以一起有超強的法力。

但是子淯爲了自己的私利，害死了王政，現在附身在曄廷的外公身上，讓外公也有生命危險，更別說他打算攻擊、挾持她，她對這個人一點好感也沒有，一點也不想承認自己是他的後代。

「儀萱，你只要好好的跟我說，你在陶鴨前面遇到什麼事，把心法還給我，之前你在詞境和畫境跟我作對的事，我可以一筆勾銷，而且等我找到後代附身之後，我的法力就會跟軀體完美結合，你聰明，反應快，又有能力，到時候我們一起合作，一定威力無窮。」子湑以爲儀萱什麼都知道了，無意間都說了出來。

儀萱心裡一驚，原來詩境、詞境、畫境幕後的主使者就是子湑。那些黑暗魂氣、陰氣靈、畫鬼，都是子湑在背後撐腰，才會讓正邪兩個力量失去平衡。

想不到自己是這樣的人的後代。儀萱更加難受。

子湑看儀萱沒反應，大著膽子，往前一步。

「站住！」儀萱再度高舉著陶娃，「我可以運滿眞氣，把它捏碎！」

「住手！」子湑停住腳步，狠狠的瞪著儀萱。

子湑的反應讓儀萱更大膽，她高舉著陶娃，退到門邊，她緊緊的盯著子湑，然後快速打開門，跑出了辦公室。

25

儀萱衝到電梯前，看到電梯顯示在一樓，等它上來太久了，於是她再往前跑，來到樓梯間，打開逃生門，同時迅速思考著，往下跑的話，子淯很快就會趕上，而且宗元和曄廷都在頂樓的會場，不能丟下他們，子淯會傷害他們的。

儀萱拿著陶娃拚命往樓上跑，一打開門，就跟曄廷撞個滿懷。

「儀萱！」曄廷驚訝的扶住她，「你……沒事吧！子淯附身在你身上了嗎？」

「沒有，子淯附身在你外公身上，他要追上來了！」儀萱上氣不接下氣的說。

「快，把門關上。」曄廷把樓梯門關上，拉著儀萱進入會場，把會場的門也關上，從裡面上鎖。

「子淯附身在你外公身上，」儀萱又重複一次，「他不曉得我是他的後代，還要殺我！我拿到陶娃才趁機跑出來，他法力很強，這裡的門擋不住的。」

儀萱擔心的左右張望。

「這裡沒有別的出口。」曄廷知道她在找什麼，「我有練五行氣，應該可以抵擋他一陣子。」

曄廷對著入口大門施了一個保護的法力。

「宗元呢？」儀萱問。

「還在廁所，我們去找他，然後三人一起逃出去。」曄廷說。

「好！」儀萱說，接著兩人快步向廁所去。

忽然，儀萱感到手中的陶娃傳來一陣溫暖。她停下腳步低頭看，陶娃的臉上蒙著一層紅光。

「你看！」儀萱指給曄廷看。

「怎麼會這樣？」曄廷也很驚駭。

儀萱回想徐靜告訴她的事，當年陶娃發生這樣的狀況，是陶娃找到陶鴨的時候，陶娃對徐靜爹爹的陶器有反應的時候。

儀萱抬頭看，果然不錯，他們現在停在黑釉馬的前面。

砰！砰！會場前面的門傳來巨大的聲響，他們同時轉過頭看，厚重的大門依然緊閉著，可是整個都在震動。曄廷的力量暫時把子涓擋在外面。

「我們先找地方躲起來。」曄廷壓低聲音，「這會場很大，他不會那麼快找到我們，然後再找機會衝出去。」

「好，你先去找宗元過來，我在這裡等你們。」儀萱推著曄廷。曄廷朝著洗手間快步走去。

儀萱回過頭，繼續專注在陶娃跟黑釉馬上，感到一股幽微的土冥氣在黑釉馬跟陶娃之前流轉。

子涓已經從五個唐三彩中拿到五個冥氣了，但是陶娃跟黑釉馬的連結還是存在。當年，徐靜藉由陶娃跟她爹爹所做的陶器連結，讓她的法力傳送到五個陶器上，千年後子涓拿到這些冥氣，那現在，身爲徐靜後代的她，是不是可以顚倒過來，利用陶娃跟黑釉馬的連結，把土冥氣從子涓的身上召喚回來？

儀萱運起眞氣，握在手上的陶娃臉色更紅了，她舉起手上的陶娃，讓她面向黑釉馬，果然，那幽微的土冥氣朝著陶娃靠過來，但是並沒有如她想像那樣，拿到完整的土冥氣。

看來她估計錯了。

又或許，她其實不是徐靜的後代？子洧說她是林洪哲的後代，這是眞的嗎？

就在這時候，會場的門砰一聲被大力撞開，子洧踏入會場，他一眼看到儀萱在黑釉馬前，大步朝她走來。

儀萱本來要收起眞氣，跑向剛從洗手間出來的曄廷跟宗元，但是她之前感受到的土冥氣此時增強數倍。儀萱想也不想，再度將眞氣匯聚在陶娃中，陶娃感應到黑釉馬後，讓黑釉馬成了一個土冥氣回收站。在儀萱的眞氣吸引下，之前從黑釉馬身上出去的土冥氣，這時在子洧的身上翻滾，不停的宣洩出來，回到黑釉馬身上，然後儀萱再由陶娃跟它的連結，把土冥氣召回，放進自己的體內。

這過程她不算陌生，之前在詞境裡，要取五行的靈物，就是這樣的方式。想不到眞的成功了，她召回土冥氣了！

「儀萱，快過來！」曄廷對著儀萱猛招手，他拉著宗元躲在十步外一個展示櫃下方，不明白子滑都闖進來了，儀萱還呆呆的站在黑釉馬前面幹麼。

奇怪的是，外公這時候也在半路停住腳步。

子滑突破曄廷的法力，打開了會場的門，馬上就看見儀萱站在黑釉馬前。他跨開大步向儀萱走去，想不到她似乎嚇傻了一般，居然沒動。他正得意，往前再走個三步，忽然一個踉蹌，感到體內的土冥氣一陣混亂，他猜想是不是蘇季風又在掙扎，勉強用眞氣壓制，再往前一步，這翻騰的土冥氣像被戳了洞的氣球一樣，整個快速外洩，離他遠遠而去。

這是怎麼回事？子滑停住腳步，萬分驚駭，他看向儀萱，這女孩的臉上有著微微的笑容，一定又是她搞的鬼！

子滑氣極了！沒關係，他告訴自己，他還有四個冥氣！先把這女孩解決，拿回陶娃再說。他先穩住自己，調整好呼吸，再抬頭看去，發現儀萱已經離開黑釉馬。他看到她在通道間出現，迅速的射出一道法力，灰霧色的光在通道間炸開，子滑知道蘇季風對這些古物非常重視珍惜，如果不愼損壞了它們，蘇季風的心神會受到極大的干擾，對於附身非常不利，尤其現在土冥氣又莫名消失，他要全力對付儀萱，沒有多餘的力氣去控制蘇季風，所以他儘可能避開這些展覽古物。

儀萱感到腳下強烈的震動，但是她的動作似乎比之前更快了，只見矯健的身形一閃，便繞過幾個展示櫃來到「三彩加藍人面鎮墓獸」前面。

她用同樣的方法，等著子淯再度朝她過來，然後拿著陶娃對著鎮墓獸，果然，金冥氣也在陶娃跟「三彩加藍人面鎮墓獸」的連結吸引下，從子淯的身上流瀉而出，來到她的體內，跟眞氣和土冥氣一起會合。

金冥氣跟著土冥氣一起消失，子淯更加憤怒又疑惑。到底怎麼了？他手上的法力施展得更緊密，但是在失去兩個冥氣後，力道減弱了。

儀萱有了兩個冥氣，在眞氣的驅動下，她的感知變得更敏銳，身形也移動得更迅捷，灰霧的光束在四周炸開、飛散，每個驚險的時刻儀萱都順利躲過。

曄廷跟宗元不明白爲什麼儀萱在展場到處奔走，卻不過來跟他們會合。

「你在這裡等我，我去幫儀萱。」曄廷跟宗元說。

「我跟你去！」宗元也站起身，一副摩拳擦掌、躍躍欲試的態勢。

曄廷趕忙把宗元推回展示櫃的陰暗處，「你沒有法力別過來，不然我還要顧你！」

宗元聽了很不是滋味，可是現在情勢混亂，曄廷說得有道理，「好啦，好啦。」

「等下有機會，你就自己先逃出去。」曄廷匆匆說完就離開。

「我哪裡是棄朋友不顧的那種人。」宗元嘀咕。

曄廷一邊跑向子湑一邊運起眞氣，把五行氣運在胸口，同時運起金氣，季札的無形劍氣出現在手中，他施展著「巨鷹擊鵲」和「天鵲高飛」朝著子湑刺去。

子湑感到身後有人攻擊，發出一聲冷笑，轉身朝著曄廷上下左右射出四道灰霧光束，子湑顧忌儀萱手上有陶娃，施法時不敢下殺手，但是對於曄廷，他就沒這層顧慮，剛才對儀萱久戰不下的焦躁，這會兒全發洩在曄廷身上。

四道光束攻勢凌厲，招招帶著殺意。曄廷屏氣凝神，用劍招一一化解。

除了之前公孫大娘教的六個劍招：「彩蝶撲花」、「天鵲高飛」、「群鶴盤旋」、「飛馬奔逸」、「巨鷹擊鵲」、「健牛擋車」外，之後曄廷又跟她學了「珠落玉盤」、「飛瀑千里」。

爲了「飛瀑千里」，他特別在故宮找到明朝沈周的《廬山高》，當他走上那座橫跨瀑布，臨著深淵，沒有扶手的木橋時，懼高的他感到頭暈，但也在那找到強勁水勢，一瀉千里的劍術精華。

他也在故宮找到《唐人宮樂圖》來體會公孫大娘對「珠落玉盤」的音律要求。劍的招式不是有出就好，精湛的劍招如音律，是有節奏的。劍氣跟天地之氣必須韻律相呼應。另外，運氣適當的話，還可以隨著自己的心意讓劍氣發出嗡鳴聲，干擾敵人的心智外，更進一步以音破招，以聲破形，讓劍氣所產生的音律消解對手的招式。

曄廷用「健牛擋車」先穩住自己，同時劍氣射出，右手上揚，一招「天鵲高飛」加上「飛馬奔逸」消去往他額頭射去的法力；接著左旋回右轉身，「彩蝶撲花」配上「群鶴盤旋」，抵擋兩側夾擊的灰霧光；再用「飛瀑千里」搭配「巨鷹擊鵲」，往下攻擊對他腹部而來的力道。

子滑身體裡的是千年的法力，雖然少了兩個冥氣，還是遠遠勝過曄廷修習不到一年的功力。兩人來來往往，進擊抵擋，沒多久，子滑的氣勢已經壓過曄廷，曄廷連連後退，勉強支撐著。

子滑雙手揮舞，決定快速解決掉曄廷，五道灰霧光束朝著曄廷繞射而去。曄廷奮力抵擋了三道，削弱了第四道，只讓它掃到小腿，他右腳無力蹲了下去，第五道光眼看就要穿過他的胸前。

儀萱看到曄廷出手，也很想幫忙，可是此時她還是沒有能力，只能儘快的把子淯身體裡剩下的三個冥氣拿走。她再度移動，來到永泰公主墓出土的陶碗前面，舉起陶娃，水冥氣就像水洩一般，從子淯身上撤退，被儀萱召喚到體內。

子淯只覺得胸前一個空蕩，水冥氣也消失了！施法的力量是根據法力而來，子淯失去三個冥氣，並不只是數學上失去五分之三的法力那樣計算，那是整體不平衡的散弱。他對著曄廷攻擊的最後一道法力變得只是一道強烈撞擊，讓曄廷橫飛出去，沒有穿過他的胸膛，但也夠讓曄廷窩在牆角好一陣子。

子淯又氣又急，轉身看著儀萱，儀萱正快速跑步，朝著「三彩載樂駱駝俑」奔去。子淯終於意識到，儀萱是經由這些徐靜用過的陶器，把他之前拿到的冥氣都拿走，他決定再也不管蘇季風，直接對準「三彩載樂駱駝俑」，射出一道強勁的法力。

蘇季風初時看子淯用他的身體對著儀萱出手，已經驚駭萬分，可是卻什麼也無法做，還眼睜睜看著自己砸碎駱駝俑，心裡又氣又急，後來被迫來到藝湛，還對著自已的外孫猛烈攻擊，把他彈到牆邊，現在又對著「三彩載樂駱駝俑」出手，打算砸個粉碎。

此時，子淯的法力少了三個冥氣，已經削弱了許多，控制心智的能力也不再那麼強，蘇季風憤怒反抗的力量終於又顯現出來，暫時壓過子淯，總算讓子淯送出去的法力整個分散，灰色光束變成灰色煙霧，朝著「三彩載樂駱駝俑」而去。

這力道沒有打碎駱駝俑，但是也讓整個展示櫃失去平衡，前後晃動起來，像是遇到大地震那樣，儀萱此時也衝到駱駝俑前，扶住了展示櫃，同時也運氣召回木冥氣！

子淯整個氣急敗壞，剩下最後一個冥氣了，而且他已無力再破壞陶器，但是他看到躲在一旁的宗元，知道自己該怎麼做了。

他不管那個「三彩天王像」在展場的另一端，直接衝去宗元的藏身處，一把抓起他。

26

「住手！」子淯大喊。

儀萱已經快來到「三彩天王像」，可是她看到宗元沒有法力，被子淯扣住雙手，押了出來。她停住腳步，不敢妄動，這時曄廷終於可以站起身，他也遠處望著子淯跟宗元，運氣在身，劍氣在手。

「喂！放開我！」宗元被子淯抓住，又氣又惱，儀萱跟曄廷努力奮戰，眼看子淯的力量越來越弱，沒想到自己卻被抓住，讓情勢瞬間反轉過來。

子淯對著宗元的頭猛敲一記，讓他住嘴，「哼，你假裝投靠我，給我假的靈物消息，我還沒跟你算帳呢！」

「原來你就是陰氣靈背後的主使者啊，我幫你拿到兩個眞的靈物，怎麼這麼快就忘了？你還沒兌現你的好處耶！」宗元故意跟他瞎扯，腦中努力想法子。

「這就是給你的好處！」子湑又賞了他一個巴掌。宗元覺得腦袋發麻，臉頰腫燙。

「把宗元放開！」儀萱大喊。

「外公，你快放開宗元，你可以控制你自己的！」曄廷也喊著。

「哼，想不到，你居然把我的四個冥氣還有陶娃都拿走了，但剩下這個就難了。往旁邊站去，離開天王俑！」子湑大吼。

儀萱看著離她只有兩步近的天王俑，遲疑著要不要聽話，卻只聽到宗元一聲哀號，子湑正緊緊掐著宗元的肩膀。她連忙往一旁走離了五步。

「這傢伙的命只值五步嗎？」子湑的手更加用力掐住宗元。儀萱趕忙再多走一段路。

「好，把陶娃放在地上。」子湑繼續命令。

儀萱咬著牙，慢慢蹲低身體。

宗元看儀萱拿到四個冥氣，現在卻被逼著要放棄，自己怎麼那麼弱，沒有法力呢？眞是太遜了！曄廷去畫境學了劍招，拿到五行氣，儀萱也用陶娃拿到四個冥氣，自己去了詩境，救了詩魂，卻只會背唐詩，這背唐詩是有什麼用啊？

「動作快！」子滑又再度對宗元用力。

「儀萱，不要聽他的，他掐人其實不痛，你快拿走他最後的冥氣。」宗元喊著。

「不痛是嗎？那你就不要叫得跟殺豬一樣！」子滑說完，手勁更加強而有力的掐進宗元的肩胛骨。

宗元閉起眼睛，痛得放聲大叫，儀萱不忍再聽下去，急忙把陶娃放到地上。

子滑冷笑一聲，剛才被儀萱和曄廷這兩個毛娃弄得失去四個冥氣功力大減，現在情勢終於扭轉。

「好，現在退到洗手間那邊。」子滑要把儀萱跟陶娃和天王俑遠遠分開。

儀萱無奈，只能盯著宗元，一步一步，不情願的走向洗手間。

「哼。」子滑抓著宗元的手稍微放開，拉著他往陶娃走去。

「千里黃雲白日曛……」宗元忽然開始大聲唸詩。

子滑微微一愣，難道這孩子要進入詩境嗎？哼，隨他，他的意識可以進詩境，可是人還在他手上。

可是此時，打了燈的會場，忽然整個昏黃暗淡下來。宗元的一顆心撲通撲通跳著，看來他的方法奏效。

「北風吹雁雪紛紛。」宗元唸完這兩句，忽然整個會場溫度驟降，甚至還颳起大風，滿是白雪紛飛。

他們看到臺北市裡的室內展覽會場居然飄起大雪，而且是讓人視線茫茫的大雪，個個驚呆了。

宗元更是無比興奮，想不到他成功了！

他氣自己沒有法力就算了，還被當成人質，拖累其他人，以後在儀萱面前更是要被比下去了，心裡非常懊惱。子淯抓住他時，又打頭，又賞巴掌，把他體內的一股氣都激了起來，之後他的肩膀被用力掐著，宗元感到子淯的力量直直鑽進體內，自己體內的那股反抗之氣更是蓬勃，所以故意用言語激怒子淯，沒想到平常很有耐心的子淯真的被激怒得更加用力，讓他體內的力量激盪噴發。宗元一直記得儀萱說的故事，說他們的祖先五人在學成後每個人的法力特質，柳子夏善用文字能力，可以施法讓文字帶著力量。

所以他在腦海中迅速翻找詩句，找到高適的詩〈別董大〉前面的兩句：「千里黃雲白日曛，北風吹雁雪紛紛」。他把體內反抗的那股氣和詩句結合，想不到眞的弄來白雪滿室飛。要不是現在被子湑抓著，眞想去玩雪。

儀萱趕緊抓住這個機會，趁著大家視線被大雪阻擋的刹那，飛奔向剛才放下陶娃的地方。

子湑也很快反應過來，他知道自己少了四個冥氣，動作沒有儀萱那麼快，抓著宗元更是累贅，他一個反手，把宗元推倒在地，也奔向陶娃。

儀萱剛才已經退到洗手間那邊，離陶娃比較遠，眼看子湑就要先搶到，宗元又開口唸起了詩句：「飲馬渡秋水，水寒風似刀。」

這兩句是來自王昌齡的〈塞下曲〉。

只見剛剛落下的雪，幻化成一陣陣的風，像是一片片刀刃一樣尖銳刺人。

「去！」宗元大喊。這些刀片一樣的風刃向著子湑全身上下刮掃而去。

趁著子湑被這陣寒風纏住，儀萱搶到了陶娃。宗元畢竟沒有法力，體內的一時激盪很快退去，大雪和寒風沒有法力的加持隨即消失。但是這已經足夠讓氣勢再度逆轉。

儀萱拿到陶娃奔到三彩天王像前，子湑見情勢不對，轉身跑向會場的大門，準備逃跑，曄廷的劍氣早就拿在手裡，他看宗元脫身，提氣直奔，先射出法力把大門關上，同時使出「珠落玉盤」和「群鶴盤旋」，把子淯逼回會場內。

儀萱拿著陶娃，面對三彩天王像，剩下的火冥氣終於順利召回到手。

子淯體內的法力瞬間消失，他跌坐在地上，全身發抖，汗水淋漓。

「外公！外公！」曄廷對著蘇季風喊著，「你還好嗎？」

宗元跟儀萱也靠了過來。

子淯抬起頭來，狠狠的瞪著儀萱，「我不會死的，我會找回我的法力，找到我的後代，然後把你碎屍萬段，折磨你求生不得，求死不能。」

儀萱低頭看著他，心情複雜，不知道要不要告訴他，他的後代就在他眼前。曄廷似乎知道儀萱錯綜複雜的感受，捏捏她的手。她轉頭看著曄廷，曄廷對她笑了笑，她知道他的意思，曄廷沒有給她任何建議，但是會支持她所有的決定。

「外公，你還在嗎？」曄廷著急的問。

「我們要幫你外公，像上次陳老師那樣，如果是子淯放棄這個軀體，可能使外公有生命危險，我們要幫他去除子淯的力量。」儀萱說。

「我們可以完全除掉子淯嗎？」宗元問。

「恐怕不行，他有闇石的力量，沒有那麼容易。」儀萱搖搖頭。

「那怎麼辦？」曄廷問。

「我們把他的眞氣放回這個陶娃裡好了。」儀萱說，「我們兩個的法力應該夠把它封在裡面。」

「不夠的話，我們就把陶娃拿到畫境裡，讓畫仙處理。」曄廷說。

儀萱不置可否，自從聽了徐靜的故事後，她對月升的想法也開始改變，她覺得無法全心的信任她。

「我們一起施法，把他的眞氣逼出來。」儀萱說。

子涓聽到自己將再度被鎖在陶娃裡，之前他被張萱逼得躲進陶娃，後來因爲徐靜的幫助，才得以在千年後回復力量，現在如果被這幾個人封在陶娃裡，很有可能永世不得翻身。

子涓聽著他們對話，腦中不斷的思考對策。

巫術！

對，來自商朝的古老力量，他的祖先婦好留下的力量。他之前全心投入徐靜留給他的法力上，尋找五個冥氣，並沒有好好探索這個巫術，最多就是讓他突破空間的限制，可以進入詩境、詞境、畫境，但是這樣就足夠了！

曄廷跟儀萱此時已經對著蘇季風施法，兩人的眞氣在蘇季風的體內緩緩運轉，加上蘇季風本人的心智力量慢慢復甦，一起加入幫忙，子淯的眞氣終究失去控制。

儀萱和曄廷推著這股不是蘇季風的氣往頭上升去，終於，這股邪氣離開了蘇季風，在他頭上形成一團灰霧盤旋。當儀萱把陶娃湊近蘇季風，準備接收這股灰霧時，忽然整個灰霧像煙火那樣四散，然後消失無蹤。

「子淯呢？」宗元驚訝的瞪大眼睛。

「他跑到哪裡？回去外公的身體嗎？」曄廷也是滿臉驚恐。

儀萱沒有料到子淯還有這招，現在他跑到那兒去了？

「外公！外公！」曄廷輕輕拍著蘇季風的臉。

「我……我沒事了。」外公眨眨眼，看著眼前的三人，「你們……你們也沒事了，太好了。」

儀萱輕輕揉著外公的肩膀，一來幫他輸入一些眞氣，子淯附身在他身上，雖然沒害死他，但是邪氣太重，很傷身體；二來探測他的體內，確定子淯眞的不在他身上。

「看來，你們知道很多我不知道的事，告訴我發生什麼事吧。」蘇季風雖然有些疲憊，但是仍保有學者的風範，三個人知道不能迴避，把事情一五一十都說出來。

「原來是這樣。」外公坐在角落的沙發上，慢慢咀嚼剛才所聽到的訊息。

「你們三人互相幫助，解決困難，眞是難得。」外公抬頭看著他們，眼神帶著讚許。

「宗元，眞有你的！」儀萱開心的說。宗元抓抓頭，有點害羞又很得意。

「對啊，在關鍵時刻扭轉情勢！」曄廷搥了一下他的肩膀。

「唉唷，剛剛這個肩膀已經被掐到快碎了。」宗元痛得大叫。

「所以下次要讓你發揮潛力，就要捏用力一點。」儀萱咯咯笑著作勢要捏他，宗元忙著閃開。

「那個子淯，現在去哪了？」外公皺著眉頭問。

三個人停止嬉笑。

「不知道，他好像消散在空氣中一樣。」曄廷說。

「他還在這裡嗎？」宗元不安的四處看看，「他會不會再附身在我們的身上？」

「我們三人有隱靈法，他不敢附在我們身上的。」儀萱說。

「那外公呢？」曄廷很擔心。

「他的五個冥氣都被我召回，陶娃也在我這裡，不曉得他還能怎麼樣，可能眞的灰飛煙滅了吧！」儀萱雖然這麼說，其實心裡也不確定。

「如果我再被附身，我就學你們陳老師那樣，找機會跟你們留下線索。」外公說。

「我會常常過來陪你。」曄廷拍拍外公的背。外公握住他的手，露出安慰的微笑。

「走，我們下樓去。」外公站起身來，帶著三人離開會場，回到辦公室。

外公看著本來昂首嘶吼，色彩鮮豔的站立駱駝，現在卻一片片躺在地上，像是被颱風掃落的花瓣，心裡非常難受。

「外公，對不起，是我害駱駝被打碎的。」儀萱看著滿地碎片，看著外公的心痛，也覺得很不好受。

外公深呼吸一口氣，「怎麼是你的錯？說來，打碎駱駝的法力還是從我的手上出來的呢！」

「我去把碎片掃起來。」曄廷說完去拿了手套、掃把和垃圾桶，把掃把給宗元，自己戴起手套，將陶片和玻璃撿起來丟進垃圾桶。

「等等，」儀萱阻止他們，「外公，那些陶片可不可以留給我？」

「你留著做什麼？」

「我也不知道……只是覺得丟掉可惜，而且我是徐靜的後代，想留一件隨葬品作紀念。」儀萱說。

「好啊，小心不要被碎片刮傷就好。」外公說。

曄廷又去拿幾個袋子過來，三個人蹲在一旁，小心的把陶片跟玻璃分開，把駱駝陶片都放進袋子給儀萱。

「謝謝。」儀萱開心的說。

「其實你還有另一件三彩隨葬品耶！」宗元提醒她。

「對吼，這個陶娃。」儀萱從口袋裡把陶娃拿出來放在桌上。

四個人總算可以仔細端詳這個作品。一時屋內沒有聲音。陶娃還是一樣歪著頭，帶著一抹憨笑，讓人忍不住也想微笑。

「好漂亮的一件三彩仕女，這件跟陝西歷史博物館的一個三彩女立俑很像，這次展覽很可惜沒請到它來。」外公口氣帶著點遺憾，用手輕輕撫著儀萱的陶娃。

「外公，我害你的駱駝被打碎，我想把這個陶娃留給你。」儀萱說。

她的話讓大家都很驚訝。

「我說過了，駱駝是我自己打碎的，沒有理由你救了我，我還拿你的東西。這是你祖先留下來的，你應該保存著。」他看儀萱還要爭辯，「誰知道子湑還會不會回來？如果他回來，一定會去找陶娃，你有法力可以保護它，保護你自己，可是我沒有，要是再度被附身怎麼辦？」

想到陶娃可能讓外公再度面臨被附身的險境，儀萱不再堅持，把陶娃收好。

「整理好了，外公請你們吃飯。隔壁巷子裡有一家泰國菜，口味還不錯。」外公慷慨的說。

說到要吃飯，大家精神都來了，剛剛的混戰讓大家耗費心神，真的餓壞了。四個人合力整理好辦公室，離開大樓。

＊＊＊

這天放學，儀萱、宗元和曄廷來到一家速食店，三人點了飲料，隨意聊天。

「這裡有三個蛋黃酥，一人一個。」宗元大方的從書包拿出個小紙袋，「買一送一，我排隊買到的。」

「哇！是我最喜歡的那家！」儀萱很開心，「買一送一，那不是應該有四個嗎？」

「你數學什麼時候變那麼好？對，有四個，我排了那麼久的隊，當然要多犒賞自己一個。」宗元很理所當然的口吻。

「你們吃就好，我不喜歡鹹蛋黃的味道。」曄廷說，把他手上的那一個放回紙袋。

「什麼？我不知道你不喜歡耶，所以你也不吃月餅嘍？好可惜喔！」儀萱用遺憾的口氣說，不過還是把多出來的蛋黃酥挪到自己的面前。宗元看她喜歡，心裡非常高興。

「我吃月餅啊，裡面沒有蛋黃就好。」曄廷聳聳肩。

「沒有蛋黃怎麼能叫月餅？」宗元不屑的說。

「鳳梨月餅、五仁月餅、抹茶月餅，這些都沒有蛋黃，也是月餅啊！」儀萱口氣明顯幫著曄廷。

「唉呀，看著天上圓圓黃黃的月亮，嘴裡就要吃圓圓黃黃的蛋黃月餅，這樣中秋節時，舉頭望明月，低頭吃蛋黃，才是過節的精髓。」宗元隨口抬槓，可是心裡暗暗記下，以後就多買一些像是鳳凰酥、蛋黃酥、鹹蛋黃酥餅、鹹蛋黃牛軋餅之類的點心請儀萱吃。

「宗元，你現在唸唐詩還有法力嗎？」曄廷問。

「有啊，你沒看到，他剛剛說舉頭望明月，低頭吃蛋黃，現在果然有蛋黃耶！好強啊！」儀萱指著柳宗元吃一半的蛋黃酥誇張的說。

宗元瞪了她一眼。「法力不是拿來隨便用的好嗎？不然我講個『黃河之水天上來』大家不就被淋成落湯雞了。」

「最好是啦，他那個唸詩的法力就像《天龍八部》裡面的六脈神劍，時靈時不靈。不靈時比較多。」儀萱扮個鬼臉。

「哈哈，是不是要把肩膀掐用力一點比較靈？」曄廷伸手過去假意要抓他。

「喂喂喂，不要鬧喔！該靈的時候靈比較重要好嗎？」宗元瞪著兩個人。

「這倒是眞的。那天眞是太驚險了，我以爲我們要輸給子淯了，還好宗元出其不意。」儀萱正色說。

「是啊，就是因爲宗元，我們才反敗爲勝。」曄廷誠心的說。

宗元被他們一稱讚，也有點不好意思，抓抓頭說，「我也很想像你們這樣，隨時都有法力啊！不知道我怎樣才會有法力？」

「我們要不要去跟畫仙說子滑復出這件事？順便問她？」曄廷問。

那天子滑在藝湛消失後，儀萱堅持先不要告訴畫仙整件事，她一直覺得畫仙的話並不是全部的事實，心中存有顧忌。曄廷沒有勉強她，直到這天才又再度提起。

「我覺得應該先去找鄭涵的後代，弄清楚她把子堃帶走後發生什麼事。」儀萱說。

「問題是去哪找？就算我們遇到了，也不見得知道是他，說不定就是以丞或玲甄，只是我們不知道。」宗元說。

「而且，那個後代也不可能記得所有的事啊，像我就不知道張萱後來發生什麼事，都是你和畫仙告訴我的。」曄廷說。

「你們說得都有道理，可是我還是希望先不要讓畫仙知道，我會再想想，好不好？」儀萱用拜託的口氣，讓他們兩人很難拒絕。

「對了，外公最近覺得怎樣？」儀萱問。

「他精神很好，還問我可不可以傳五行氣給他。」曄廷笑了笑說，「等下我要去看他，你們要不要一起去？」

「好啊！」儀萱跟宗元都贊成。

三人收拾好桌面，一起離開速食店。他們走出騎樓正準備要過馬路時，忽然嘩啦一聲，有人從二樓陽臺倒水，走在最前面的柳宗元全身被淋個正著。

「喂！誰這麼沒公德心啊！」他氣得大叫，抬頭一看，倒水的人已經進屋了。

「你剛剛『黃河之水天上來』的法力有效耶，只是晚個十分鐘發生！」儀萱大笑。

「你唸錯句子了，應該唸後面那句：『千金散盡還復來』，剛剛那個人倒的就是鈔票了。」曄廷用正經的語氣說。

宗元瞪著兩個人，不過也忍不住跟著笑起來。

在相視的笑容中，他們知道，不管有沒有法力，不管獲得什麼樣的法力，他們三人將會一起面對未來的挑戰，用喜樂跟友誼來度過每個關卡。

唐三彩穿越之旅

文／米家貝（國立歷史博物館教育推廣組）
圖／蔡兆倫

各位貴賓，請戴上VR頭盔，對好焦距，看到駱駝了嗎？

唐三彩穿越之旅，準備出發！

一列列商旅，
在漫天飛舞的黃沙路上緩步東行，
叮鈴叮鈴，叮鈴叮鈴，
悠遠清亮的駝鈴聲此起彼落。
叮鈴叮鈴，叮鈴叮鈴，
你隨駱駝的腳步，
走進人聲鼎沸的長安城。

「歡迎來到長安！」一個鼻子高高、鬍子翹翹、濃髮碧眼的胡人張開熱情的雙臂。

「要不要來塊胡餅？」一個笑瞇了眼的小販手上捧著剛出爐的胡餅。

你嘎滋嘎滋咬著胡餅漫步長安城，

耳邊響起達達馬蹄聲，啊！是匹毛色發亮的駿馬。

壯碩的馬背上，一位眉心貼著花鈿，兩頰泛著酒暈妝容，一身胡服勁裝的公主呼嘯過市。

再往前走，走進王維的詩句：「九天閶闔開宮殿，萬國衣冠拜冕旒」，

你來得正好，今天剛好有場宮廷音樂會。

七位樂師以笛、箜篌(ㄎㄨㄥ ㄏㄡˊ)、琵琶、笙、簫、拍板、排簫等樂器演奏，

嬌俏的侍女為貴賓獻上葡萄美酒，

喔！你未滿十八，只能跟著衣袖飄飄的舞者來場胡旋舞！

這大唐盛世的日常真令人沉醉……。

奇怪，螢幕怎麼暗了？

你摘下頭盔，白眼翻到後腦勺：「不是唐三彩穿越之旅嗎？怎麼莫名其妙結束了？」

三彩加藍人面鎮墓獸，臺北歷史博物館

各位貴賓別著急，得先體驗大唐盛世生前日常，才能繼續穿越三彩的幽冥國度。

古墓大發現

二十世紀初，當隴海鐵路修築工程來到河南省開封至洛陽段，在洛陽市北郊邙(ㄇㄤˊ)山山腳下，發現大批唐代古墓。當年不時興文化資產保護那一套，所以古墓的命運可想而知。

鐵路持續開挖，墓裡值錢的東西，被聞風而至的人洗劫一空，除了值錢的金銀珠寶，墓裡還挖出許多彩色陶器，這些陶器被視為不祥之物，砸爛摔碎的不計其數。少數未毀損的，輾轉來到北京琉璃廠。

琉璃廠內販售古董的商家，以行家的眼光斷定：這陶器是死人的陪葬物，也就是所謂的「冥器」。琉璃廠商家雖然收購了陶器，但，誰會花錢買陪葬品回家？陶器的售價雖低，卻始終乏人問津。

某日，當時著名的國學大師羅振玉逛琉璃廠時，被一尊擱在角落的陶器吸引，他用袖子拂去陶器上的灰塵，以便宜的價錢買回家。幾經研究，他以鑑賞家

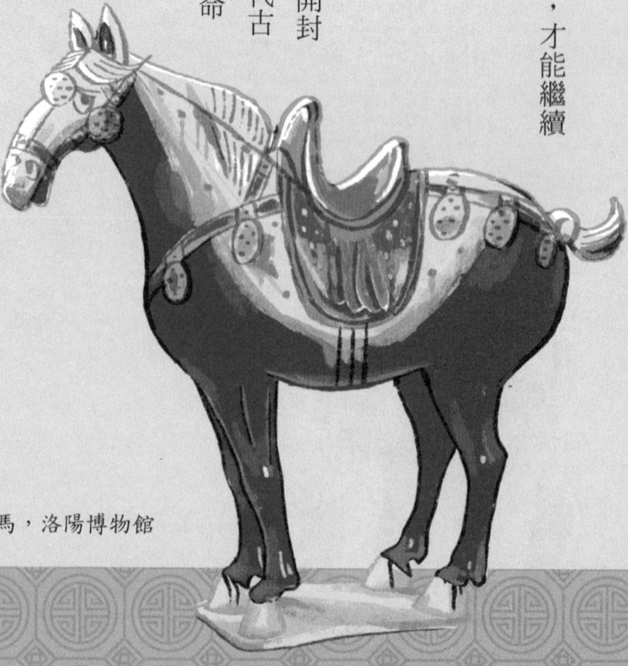

三彩黑釉馬，洛陽博物館

的眼光發文盛讚這陶器是：「古明器見於人間之始」。有了名人背書與加持，大批古董商與外國人紛紛趕往洛陽尋寶，不惜重金購藏。但，遍尋古籍卻無任何記載，這多彩陶器究竟該如何稱呼？

幽冥國度的瑰麗傳奇

陶器既然出自唐朝古墓，上有黃、綠、褐、藍、黑等多種釉色，依據這些特徵命名，應該不是難事。但，明明這麼多顏色，最後為什麼只稱「三」彩，而不是「五」彩或「八」彩呢？

原來古代以「三」代表多數，如「眾」字的甲骨文，以「太陽底下三個人」表示。可見「三」只是概稱，所以唐三彩以數字「三」來概稱多色。

在佛教地獄觀念傳入中土前，漢人認為死亡，只是從陽間搬到陰間，所以「事死如事生」。盛唐流行厚葬，意思是：生前住豪宅、擁奴僕，死後也要比照辦理。

當墓門再次開啟，沉睡的大唐盛世也跟著甦醒。

「眾」字的甲骨文

當年匠師製作唐三彩時，會先以陶土製作各式素胚，第一次素燒完成，再施以各種釉色，進行第二次燒製，多種釉色流淌融合後，呈現如玻璃般溫潤色澤，成為陶瓷史上傳奇瑰麗的一頁。

陶娃的好友群組

千年前以分影法隱身陶娃的子滑，千年後因盜墓而重見天日，重回人間的子滑，得先吸取離散各地的五種冥氣，再與徐靜藏於陶鴨的心法融合，便能尋得後代子嗣，完成復國大業。

冥冥之中，五冥氣（明器），在某次特展中齊聚。唐三彩幾項重要類別：動物、人物、生活器物全員到齊。這精品中的精品，像萬花筒裡繽紛的彩片，折射出唐代生活多元的風采。

從高宗到玄宗，是唐三彩製作的鼎盛時期，匠人運用巧思，以當時最重要的交通工具：昂首嘶鳴的駱駝、體格勇健的寶馬，來表現商旅頻繁往來西域的盛況，成為動物造型的亮點。

代表木冥氣的「三彩載樂駱駝俑」，將絲綢之路上不插電演唱會，刻劃得淋漓盡致。代表土冥氣的「三彩黑釉馬」，將一匹眼神炯炯、四蹄踏雪、短尾上翹

三彩載樂駱駝俑，陝西歷史博物館

的古代超跑，展現得唯妙唯肖。

至於人物造型，則百分百複製陽間生活百態，如：藍眼褐髮的胡人、端莊賢淑的貴婦、文質彬彬的文官、力拔山河的武官等。

有趣的是，人活著時怕鬼，死了後還是怕鬼。所以在墓前設置鎮墓獸、天王神像等二十四小時保全，一方面用以嚇阻妖魔鬼怪，另方面期盼借助神力早日榮登天界。

代表金冥氣的「三彩加藍人面鎮墓獸」，頭上長著奇異尖角、背上有鋒利寶劍，搭配燃燒的火焰與威嚴的雙眼，集合真實與想像動物神力於一身。代表火冥氣的「三彩天王像」，左手叉腰、右手高舉指天，身著鎧甲，是佛祖身旁的護法，也是全年無休的神鬼戰士。

唐三彩碗，陝西歷史博物館

但，人俑的臉為什麼白得毫無血色呢？是古墓太冷嗎？不不不！就像雨天使用不防水睫毛膏，讓一雙電眼糊成熊貓眼，若在人俑臉上塗彩釉，窯燒後可能發生貴婦毀容、文官變花臉的悲劇，相較之下，素顏還是比較好。

至於生活器物，凡陽間生活所用：壺、碗、杯、碟、枕、燭臺等，陰間也需要。匠師可依巧思彩繪、捏塑或貼花，來展現墓主的藝術品味。

如永泰公主墓裡，繪有十二道綠紋，代表水冥氣的「唐三彩碗」，以及見證徐靜與子洧千年誓約，鞏義市博物館鎮館之寶「三彩鴨銜梅花杯」。但，不管這些生活器物，是專為陪葬製作，或真為墓主生前愛用，都為後世創造無盡的想像空間。當我們靜靜望著「唐三彩碗」，彷彿就能看見，永泰公主端碗喝茶的模樣。

文化內力的修煉之旅

義大利史學家克羅齊曾說：「過去的歷史一去不回頭，留下的史料，成為死歷史。唯有與當代人的生活產生連結，死歷史才能再度復活，成為活歷史。」

在眾聲喧譁，人人都是自媒體的時代，死歷史如何連結當代生活死而復生呢？讀【仙靈傳奇】系列、追尊重史實的歷史劇、走進博物館近距離欣賞文物都

三彩天王像，臺北故宮博物院

是好辦法。

不過，想和千年文物心靈交流，需要一些好奇心、想像力與背景知識（統稱文化內力），修煉文化內力跟修煉真氣一樣，非一時半刻能速成。萬事起頭難，先從自己有興趣的議題或事件切入，是入門方法之一。

或許你又要翻白眼：「這些議題或事件，多半是無趣的老叩叩。」先別急著下結論，以 Nike 為籃球明星 Kobe Bryant 設計 KOBE × Silk 球鞋為例，你若身為 Nike 首席設計師，會如何連結籃球明星與絲綢之路，來打造全球限量版球鞋呢？

常言道：「太陽底下沒有新鮮事。」文化內力是你的超能力，有了超能力，你永遠能從萬年老梗中迸出新枝枒，這死而復生的魅力，正是師長們心心念念試圖傳授，素養的真諦。

各位貴賓，請再次戴上 VR 頭盔，文化內力修煉之旅，即將出發！

少年天下系列 —— 057

陶妖（仙靈傳奇4）

作　　者｜陳郁如

責任編輯｜李幼婷
封面插畫｜蔡兆倫
封面設計｜江儀玲
校對協力｜蔡珮瑤
內頁排版｜極翔企業有限公司
行銷企劃｜葉怡伶

天下雜誌群創辦人｜殷允芃
董事長兼執行長｜何琦瑜
媒體暨產品事業群
總經理｜游玉雪
副總經理｜林彥傑
總編輯｜林欣靜
行銷總監｜林育菁
副總監｜李幼婷
版權主任｜何晨瑋、黃微真

出版者｜親子天下股份有限公司
地址｜台北市 104 建國北路一段 96 號 4 樓
電話｜（02）2509-2800　傳真｜（02）2509-2462
網址｜www.parenting.com.tw
讀者服務專線｜（02）2662-0332 週一～週五：09:00~17:30
讀者服務傳真｜（02）2662-6048
客服信箱｜parenting@cw.com.tw

法律顧問｜台英國際商務法律事務所・羅明通律師
製版印刷｜中原造像股份有限公司
總經銷｜大和圖書有限公司　電話：（02）8990-2588

出版日期｜2020 年 3 月第一版第一次印行
2024 年 10 月第一版第二十二次印行
定　　價｜380 元
書　　號｜BKKNF057P
I S B N｜978-957-503-557-0（平裝）

訂購服務 ——
親子天下 Shopping｜shopping.parenting.com.tw
海外・大量訂購｜parenting@cw.com.tw
書香花園｜台北市建國北路二段 6 巷 11 號　電話（02）2506-1635
劃撥帳號｜50331356 親子天下股份有限公司

國家圖書館出版品預行編目資料

仙靈傳奇. 4, 陶妖 / 陳郁如文. -- 第一版. --
臺北市 : 親子天下, 2020.03
304 面 ; 14.8x21公分. -- (少年天下系列 ; 57)
ISBN 978-957-503-557-0 (平裝)

859.6　　109000875